A Linha Negra
© Mario Teixeira, 2014

Editora	Lígia Azevedo
Editora assistente	Carla Bitelli
Estagiário	Alexandre Cleaver
Glossário histórico	Sara Cristina de Souza
Preparadora	Vanessa Carneiro Rodrigues
Coordenadora de revisão	Ivany Picasso Batista
Revisoras	Cláudia Cantarin, Bárbara Borges

Arte

Projeto gráfico	Estúdio Insólito
Capa	Zé Azevedo, Thatiana Kalaes
Coordenadora de arte	Soraia Scarpa
Assistente de arte	Thatiana Kalaes
Estagiária	Izabela Zucarelli
Diagramação	Ludo Design
Tratamento de imagem	Cesar Wolf, Fernanda Crevin

CIP-BRASIL, CATALOGAÇÃO NA FONTE
SINDICATO NACIONAL DOS EDITORES DE LIVROS, RJ

T266L

  Teixeira, Mario, 1968-
  A Linha Negra / Mario Teixeira ; ilustração Allan Alex.
- 1. ed. – São Paulo : Scipione, 2014.
  200 p. : il. – (Matrizes)

  Inclui apêndice
  ISBN 978-85-262-9271-0

  1. Paraguai, Guerra do, 1865-1870 - Literatura infantojuvenil.
2. Literatura infantojuvenil brasileira. I. Alex, Allan. II. Título.

13-07220   CDD: 028.5
                                             CDU: 087.5

ISBN 978 85 262 9271-0 (aluno)
ISBN 978 85 262 9272-7 (professor)
Código da obra CL 738550
CAE: 503902 AL / 503903 PR

2016
1ª edição
2ª impressão
Impressão e acabamento:EGB-Editora Gráfica Bernardi

Todos os direitos reservados pela Editora Scipione, 2014
Avenida das Nações Unidas, 7221 – CEP 05425-902 – São Paulo, SP
Atendimento ao cliente: 4003-3061 – atendimento@scipione.com.br
www.scipione.com.br

IMPORTANTE: Ao comprar um livro, você remunera e reconhece o trabalho do autor e o de muitos outros profissionais envolvidos na produção editorial e na comercialização das obras: editores, revisores, diagramadores, ilustradores, gráficos, divulgadores, distribuidores, livreiros, entre outros. Ajude-nos a combater a cópia ilegal! Ela gera desemprego, prejudica a difusão da cultura e encarece os livros que você compra.

A LINHA NEGRA

MARIO TEIXEIRA

Ilustrações
Allan Alex

editora scipione

SUMÁRIO

Nota do autor 7

PRÓLOGO 9
PARTE I 14
PARTE II 124

Post scriptum 187
Glossário histórico 189

NOTA DO AUTOR

Quando estourou a Guerra do Paraguai, no final de 1864, a independência do Brasil era recente. Éramos um país adolescente, as fronteiras eram frágeis e movediças, nossos soldados eram praticamente imberbes. Passamos sem grandes conflitos pela Independência e, mais tarde, pela proclamação da República. Se houve tiros, foram esparsos. Mas a Guerra do Paraguai foi diferente: houve milhares de mortos de ambos os lados. O Brasil ganhou cicatrizes.

Poucos escritores se debruçaram sobre a campanha. Mesmo Machado de Assis, contemporâneo do conflito, mal se referiu ao assunto em seus contos e romances. Como continuar ignorando passagem tão importante da nossa história?

Richard Burton, Obá, Hermes da Fonseca, Floriano Peixoto, Osório, conde d'Eu, Chico Diabo, Solano López, Francisca Garmendia e Dorothea Duprat viveram e testemunharam a guerra. Os demais — Casimiro, Anzol, Ferrujão, Felinto, Tobias, Orlando — são invenção; porque, como escritor, acho que a ficção, mais do que a história, pode abolir as fronteiras do tempo.

Um abraço,
Mario Teixeira

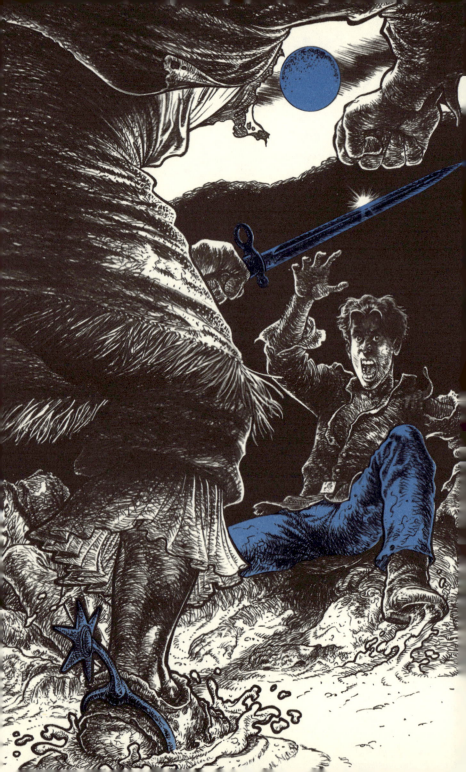

PRÓLOGO

Casimiro tinha o casaco em trapos. O golpe que tanto doera atingira-lhe os quartos. O sangue encharcava suas calças, e a manga da camisa ficara nas mãos do agressor, um guarani espadaúdo que golpeava girando os braços feito uma vaca louca. Tudo o que ele queria era fugir. Não fosse um buraco no chão, teria conseguido. Era uma trincheira cavada na terra pantanosa. As bordas da vala cederam com seu peso, e lá ele ficou, ensurdecido pelo estampido das **clavinas*** e das explosões de **obuses**.

Assustado, o moço se acomodou entre dois corpos que já exalavam mau cheiro. Verificou que um deles tinha botas e pensou que, se escapasse dali, as levaria com ele. As suas estavam imprestáveis, as solas haviam ficado nas poças de água insalubre. Permaneceu bem quieto, receando que o enorme caboclo viesse atrás dele, mas o bruto decerto fora surpreendido pela massa humana e obrigado a recuar. Fechou os olhos, como se isso impedisse que fosse morto.

Lá em cima o ruído cessou como o refluxo da maré. Casimiro suspendeu a respiração porque já conhecia bem o rumor da guerra. O silêncio que se fazia depois de um combate era mortal.

Com medo, acomodou-se o melhor que pôde, quando foi surpreendido por um ruído seco: era um corpo que caía.

---

* As palavras destacadas na ficção remetem ao glossário histórico, que se encontra a partir da página 189. (N.E.)

Mesmo na escuridão, entreviu a farda verde. Estava sozinho com o inimigo. A vala tinha mais ou menos dois metros de profundidade, um pouco menos de largura.

— *Ay, mi pierna* — resmungou o paraguaio, tentando enxergar no escuro.

Casimiro sentia-o tatear, aproximando-se às cegas, e empunhou a **baioneta**.

O clarão de uma detonação tardia iluminou a trincheira. Um halo de luz envolveu os dois. Casimiro pôde ver os cabelos longos e a testa pronunciada de índio do outro. E foi tudo. O homem se jogara contra ele, dando cabeçadas e socos. Lutaram como serpentes, enrodilhados no chão. Antes que o inimigo, aferrado à espingarda, tivesse chance de atirar mais uma vez, foi alcançado por uma joelhada entre as pernas. O guarani cedeu com um grunhido animalesco, mas ainda sacou um punhal, com o qual tentou sangrar Casimiro em golpes rápidos e cruzados.

— *Macaco* — grunhiu o soldado paraguaio, arfando.

A lâmina comprida cortou o ar, silvando como vento. Casimiro esquivou-se, mas ainda assim foi ferido duas vezes. Um dos golpes rasgou seu casaco na altura do peito. O sangue assomou pelas dobras da roupa. Casimiro sentiu-se desfalecer e caiu de joelhos. O rival se deteve. Não tinha sido um golpe mortal, o brasileiro decerto preparava o revide. Casimiro de fato tentou se levantar, mas as pernas não obedeceram. Seu corpo parecia ser de outra pessoa. Sentiu uma dor lancinante, muito maior que a ardência das estocadas do inimigo. Ouviu o som de um gemido cavo e constatou, surpreso, que vinha dele mesmo. Era um gorgolejo, um engasgo, como se algo forcejasse por sair de dentro dele. Urrou de dor, e o paraguaio não hesitou mais. Casimiro estava ferido e ia morrer. O aço do punhal erguido brilhou como uma estrela, refletindo uma luz leitosa que assomou do céu. Era a lua, cheia e branca como o bojo de um prato. Casimiro piscou, ofuscado. A mão do inimigo subia e descia. Sentiu agulhadas nos braços, repetidas como chicotadas, mas a aflição que sentia era inversa aos golpes: doía de dentro para fora. Sua pele começou a queimar, os ossos estalavam, espetavam-lhe os órgãos como lanças, afloravam à pele. "Acabou-se, eu morro." O paraguaio agarrou-se a ele, puxando-lhe os cabelos e, fazendo-o dobrar a cabeça para trás, torceu o pulso e mirou a veia grande do pescoço com o punhal.

Na manhã seguinte, a luz do sol nascente feriu os olhos de Casimiro como uma faca de ponta. Recordando onde estava, ergueu-se num salto e viu, ainda meio desequilibrado, o corpo do paraguaio.

O morto jazia num canto da vala, sem os braços, a metade do rosto arrancada. Casimiro tropeçou em algo pesado. Era uma perna, o pé calçado numa surrada alpercata de couro. Instintivamente, procurou o resto do corpo. Um dos braços estava a dois passos dele, a mão ainda segurando o punhal.

Casimiro sentiu engulhos. Quem ou o que havia feito aquilo?

Salvador, Bahia, 5 de janeiro de 1865

A menina estava encurralada. O sinhozinho era terrível! Ela negaceava, tentava se safar, mas ele era ligeiro que nem um pardal!

— Um beijo, Conceiça, um cheiro só!

Conceiça riu. No final das contas, quem tinha o poder era ela. Casimiro, filho caçula do comendador Eleutério Benato Neves, era danado, mas era homem! E com homem ela sabia lidar. Já tinha completado 16 anos, era mulher feita.

Com um repelão, a moça o tirou do caminho, porém ele a alcançou antes que abrisse a porta.

— Só passas com um beijo!

— Estou atrasada, sinhozinho! Se a sinhá me pega, vou dormir de couro quente!

Casimiro beliscou a nádega direita da moça e a envolveu num abraço. Por um instante, Conceiça se deixou ficar, embalada por aqueles braços magros, mas decididos.

— Um cheiro então, Conceiça, só um cheiro! Eu te dou uma moeda!

Ela se desembaraçou, interessada.

— Uma moeda? De verdade?

Ele tirou do bolso um cobre azinhavrado, que ela pegou e colocou entre as fraldas da camisa de algodão grosso.

— Não é de fantasia, como aquele outro que vossuncê me deu outro dia? — perguntou ainda, desconfiada.

— Não, é de verdade! O pai pega na casa bancária!

Ela ainda hesitou.
— Jura pela alma da senhora sua mãe?
Casimiro beijou os dedos em cruz.
— Juro! Agora o beijo!
Conceiça afastou a mão dele de sua cintura.
— Está bem! Mas sem relar!
O rapaz cruzou as mãos atrás das costas. Ela ofereceu os lábios. Casimiro a beijou com sofreguidão, tentando enfiar a língua por entre os dentes brancos. Ela retribuiu, até que ele estrebuchou e ficou arfante.
— O que foi? O sinhozinho está bem? Pelo amor de Deus!
Casimiro ainda estremeceu um pouco. Nunca tinha sentido nada parecido. Quando eles se separaram, havia uma mancha úmida entre suas pernas.
A negrinha soltou uma risada.
— Xi! O sinhozinho se mijou de gozo!
Os rostos colados, ele podia sentir a respiração pesada da moça, o calor do pescoço dela, que arfava sem parar. Conceiça o beijou.
— Sinhozinho já é homem — murmurou.
Ele encaixou o quadril no dela e começou, quase instintivamente, um movimento de vaivém. A urgência era insuportável.
— Mas o que é isso?!
Era dona Amorosina, que, ao deparar com o filho caçula e a escrava deitados no chão, levava a mão ao peito, sem ar.

O comendador Benato Neves serviu um cálice de licor à mulher. Ela continuava indignada com a cena que presenciara.
— O senhor há de entender que eu não quero beber!
— Quem há de entender é a senhora, minha esposa. De agora em diante, não temos mais crianças na casa.
— Ele só tem 15 anos!

— Dezesseis em dois meses — lembrou o comendador. — O nosso meninote já é um homem, senhora.
— É ainda um menino!
— Daqui a pouco começará a escanhoar-se.
— O meu neném! Engalfinhado com uma negra, feito um bicho! Perdão! Ah... o que estou a dizer?
— São atos naturais, mulher! Bem sabes que temos outras coisas com que nos preocupar! Bem sabes!
Assustada com o tom da voz do marido, dona Amorosina tentou se acalmar.
— Isso, respira fundo, devagar. Agora bebe isso.
Ela tomou o pequeno cálice de licor pela haste e apenas molhou os lábios. Depois mudou de ideia e virou tudo numa talagada.
— Devagar, que isso sobe — aconselhou o marido, servindo-se de conhaque.
— Já não me importo mais com nada...
— A senhora precisa se preparar. Nosso filho entrou em estado púbere, como dizem os médicos... Virou homem, como se fala...
— Ele é homem desde que nasceu...
O comendador pigarreou. Precisava escolher bem as palavras. Não podia falar com a mãe de seus sete filhos como falava ao feitor dos seus escravos.
— Casimiro não é mais uma criança... — continuou.
— Tampouco é um adulto! — interrompeu dona Amorosina.
— Arre, mulher! Me deixa falar!
— Desculpe. Fala.
— Casimiro é homem feito agora. E bem sabes que precisamos tomar uma atitude drástica. Em breve ele não poderá se conter.
— Meu neném — choramingou a pobre mulher.
O comendador passou o lenço para a mulher, que se assoou com estrondo e ergueu os olhos suplicantes:
— Não me faças ouvir isso. Temo essas palavras desde que embalei o menino nos braços pela primeira vez...

Impaciente, o comendador afastou uma cadeira do caminho.

— Quem quis mais um filho foi a senhora. Queria porque queria ter uma menina!

A mulher chorou mais alto.

— Para me fazer companhia!

— O mal está feito. Só cabe a nós tomarmos a única atitude sensata. Mais do que isso, uma atitude cristã.

Dona Amorosina deixou-se escorregar na poltrona de damasco vermelho.

— Meu filho caçula!

— Basta, mulher! Basta! Estavas ciente de tudo! Nós não podíamos ter brincado assim com a sorte! Agora o mal está feito — acrescentou. — O sétimo filho varão.

— O que pensas em fazer?

— Há uma guerra nas fronteiras.

— Isso, não! Por quem és, meu marido! Pela saúde de teus outros filhos! Isso, não!

— Abençoada guerra esta. Ele terá a chance de morrer como patriota. E como um... homem — ajuntou tristemente.

O comendador ia servir-se de mais uma taça, mas mudou de ideia e emborcou a garrafa na boca, bebendo direto do gargalo. E repetiu, enxugando os lábios com as costas da mão:

— Como um homem.

Praia Vermelha, Rio de Janeiro, 3 de fevereiro

— Nome e ocupação — perguntou o major encarregado da triagem enquanto anotava pachorrentamente as informações.

— Antônio Alves Feitosa, senhor.

Quem respondeu foi um voluntário magrinho, que usava um lenço no pescoço. Andava descalço. Casimiro, logo atrás dele, surpreendeu-se com os pés tão pequenos do rapaz.

— Ocupação — continuou o major.

— Vaqueiro.

— Sabes montar?

— Sei, sim, senhor.

— Vais então para a cavalaria.

— Mas me disseram que eu estava pronto para a artilharia, senhor.

— Que seja — disse o homem, sem nem sequer erguer os olhos. — Artilharia. Assina aqui.

— Não sei escrever.

— Uma cruz basta.

O jovem voluntário, pouco mais que um menino, fez o que lhe mandaram.

— O próximo! — gritou o homem.

O voluntário seguinte se apresentou.

— Nome e ocupação.

— Casimiro Benato Neves, senhor.

O homem ergueu os olhos.

— Parente do comendador Benato Neves, de Salvador?

— Filho.
— Estive com vosso pai na Bahia. Excelente homem. O que fazeis aqui, menino?
— Vou lutar nas fronteiras, senhor.
— Vosso pai sabe que sois voluntário?
— Meu pai foi quem me mandou.
O homem ainda hesitou um pouco. Depois deu de ombros.
— O comendador há de saber o que faz.

Casimiro foi levado à presença de um cabo, que o conduziu à secretaria do batalhão, onde um sargento abrutalhado o fez jurar bandeira, acompanhado de um homem gordo e enfarado, o oficial de Estado.

Depois, outro cabo, magriço e bigodudo, o conduziu a um quartinho de paredes mofadas e deu a ele um par de sapatos **reiunos**, parte integrante da equipagem fornecida pelo Exército imperial, de ponta rombuda e solado de couro.

— Ficarão grandes, senhor — observou Casimiro.

— Enche a biqueira com papelão, soldado. Pois agora és um soldado, não deves reclamar. Esta é a vida na caserna. Ou estás pensando que isto aqui é a casa da mamã?

O mal-humorado ainda jogou em seus braços um gorro e uma jaqueta de pano ordinário. "Onde está a pompa do Exército?", pensou Casimiro. "Esse homem não limparia as botas de meu pai, contudo aqui é meu superior... Estou bem-arranjado!"

Armação, Niterói, 5 de fevereiro

A praia fervilhava de gente: era o embarque do corpo de voluntários da pátria. O vapor *Imperatriz*, prestes a zarpar, aguardava imponente o embarque das tropas. O ordenança fazia a chamada oral da turma. No atropelo da subida ao convés, o recruta chamado Antônio tropeçou e caiu. Seria pisoteado, não fosse o braço amigo de Casimiro.

— Toma aqui, amigo! Segura a minha mão!

Antônio se aprumou num instante.

— Muito grato ao moço.

Já no convés, entre os voluntários que acenavam para o povo que ficava, Casimiro estendeu mais uma vez a mão ao jovem.

— Muito prazer. Casimiro Benato Neves.

— Antônio Alves Feitosa, um seu criado.

Outro recruta intrometeu-se na conversa. Era um preto enorme, de dois metros de altura, largo como uma porta de duas folhas. Trajava uma exótica farda com dragonas douradas nos ombros e cinturão brilhante. Usava ainda bombachas vermelhas e um turbante. Casimiro reparou que sua cabeça mal chegava ao peito do homem, e não era nenhum baixote.

— Aqui não há criados, rapazes — falou a estranha figura, atroando o tombadilho com o vozeirão. — Somos todos soldados!

Ele estendeu a manzorra. A palma muito branca fazia contraste com a pele escura, castigada de sol. "Deve ser um liberto", pensou Casimiro. Ele sabia que muitos escravos, com a devida carta de alforria, eram enviados para guerrear. Uns diziam que, em troca do alistamento no lugar dos patrões, os cativos ganhavam a liberdade. Casimiro sabia que não era assim. Seu pai, por exemplo, não abriria mão de seu patrimônio dessa forma. Porque tinha outros meios de prover o Exército: como homem de influência, ele indicara rivais e inimigos para o corpo de voluntários. O comendador de fato ofertara escravos em nome do patriotismo, porque possuía muitos, mas, ainda assim, cedera apenas os velhos e adoentados. Aquele gigante não era uma coisa nem outra. Por que estaria ali?

— O moço parece de família bem-posta — observou o negro, medindo Casimiro da cabeça aos pés, enquanto ajeitava no tombadilho a mochila e a manta recebidas dos militares. — O que fazes aqui? Não devias estar na escola, menino?

Casimiro sentiu o sangue subir-lhe às faces.

— Não sou menino, sou soldado.

— Doravante somos todos soldados, moço. Todos iguais. Todos somos bons o bastante para morrer pela pátria. Meu nome é **Obá**, e sou príncipe.

O recruta estabanado, protegendo-se do vento frio com a jaqueta reiuna grande demais para ele, perguntou:

— Príncipe? O senhor é príncipe?

— Dom Obá II d'África, filho de Obá I, rei do continente negro — perfilou-se o soldado, que, colocando respeitosamente a mão no boné de artilharia, acrescentou: — Aqui vim disposto a morrer pela minha pátria, que tão galhardamente me amparou no regaço altaneiro, o Império do Brasil! Lutarei contra o ditador paraguaio e farei muitas viúvas no solo inimigo, com a graça de **dom Sebastião**.

Um soldado que escutava a conversa soltou uma gargalhada.

— Rei? Nunca vi um rei tão tisnado! Rei preto, onde já se viu?!

O proclamado dom Obá aproximou-se do homem.

— O mundo é grandioso demais, cabe aqui tanta ignorância que eu, por despacho real a que tenho direito por nascimento, o declaro "cavalgadura".

Os soldados caíram na risada. Obá atirou ao homem a pesada mochila, que estava amarrada a outra, toda decorada com bordados de trança amarela, ao mesmo tempo que ordenava com autoridade real:

— Anda, pega o meu casaco, homem, e veste-me com decência!

Ao amparar a pesada tralha, o homem perdeu o equilíbrio. Obá o ajudou a suster-se e, num gesto inesperado, virou-o de costas e o ergueu acima da cabeça como se ele nada pesasse.

"É um Hércules", admirou-se Casimiro, "e vai atirar o infeliz ao mar!".

De fato, o enorme negro aproximara-se da amurada. Houve um breve momento de tensão, mas os receios de Casimiro se mostraram infundados. Dom Obá depôs cuidadosamente o homem no tombadilho.

— Nunca duvida de um homem — ele disse, ajeitando a lapela do casaco do engraçadinho. — Um rei jamais deixa a majestade, não obstante estar sua alteza em meio aos vermes.

O sujeito que escapara do perigoso banho tratou de abalar, muito desenxabido. Os outros engraçadinhos não se atreveram mais a troçar, e cada qual foi procurar o que fazer.

— Agora é acomodar-se, rapazes — recomendou a Casimiro e Antônio. — Descansar o corpo, porque o espírito inviolável precisará estar atento! A viagem a Montevidéu é longa e o inimigo feroz nos espera!

Villa Unión, Montevidéu, meados de fevereiro

Os soldados acomodavam-se como podiam no acampamento. Só os oficiais tinham tendas; o restante da tropa se espalhava pelo terreno, aquecendo-se ao lado de fogueiras, embrulhados em cobertas, tiritando de frio. Os poucos que haviam trazido dinheiro esbanjaram-no logo à chegada. A boia dos soldados era insuficiente, os víveres, caríssimos, e as *fondas* uruguaias, as tavernas locais, cobravam o que queriam pelo vinho aguado e pela carne sebosa que vendiam.

Casimiro dormia no chão, ao relento. A conselho de Obá, fizera um colchão de folhas e gravetos quebrados para isolar o frio, e cobria-se com sua manta. Por travesseiro tinha a mochila, onde havia colocado a munição de sua espingarda Minié — cem cartuchos que devia economizar — e a muda de roupa branca, que já estava encardida.

A seu lado, Antônio se acomodara a contento. Tinha grande habilidade com as mãos e havia costurado à manta um encerado que o protegia da umidade do solo.

Ao desembarcar em Montevidéu, a tropa havia sido dividida. Agora eles faziam parte do 12º Batalhão de Artilharia, liderado pelo capitão Aurélio Castro, diante de quem, naquele exato momento, Obá se colocava à disposição para estudar o poderio de fogo das tropas inimigas.

— Não há tropas inimigas aqui, soldado — explicava o comandante. — Só as aliadas do general dom **Venancio Flores** e as nossas. Desde a vitória em Paissandu, tudo anda calmo.

— O feroz ditador guarani há de manter espiões por aqui — insistia Obá. — Ele tem mil olhos, senhor capitão. O mal tem mil faces, enquanto o bem, apenas uma. Essa é a força dos maledicentes e a fraqueza dos justos!

— Devemos esperar, Obá — disse o capitão, um homem ainda jovem, de boa família, que, como Casimiro, havia se alistado por conta própria. No entanto, ao contrário do seu comandado, fora movido por idealismo. — Só agiremos por instrução do Estado-maior — disse, encerrando a questão.

Obá saiu da tenda de mau humor. Respeitava o capitão Castro, mas o achava submisso demais às ordens do alto-comando. Ansiava por combater. Para ele, os paraguaios eram inimigos do Império e, por isso, deviam morrer.

O enorme negro passava os dias afiando a lâmina de sua baioneta.

— Minha baioneta está assim mirradinha, desanimada, mas em breve, alimentada com a seiva vital dos guaranis, ela há de recuperar as cores — dizia.

— Arre, Obá, falar assim traz mau agouro — dizia Antônio, sempre comedido. — Matar não é certo.

— Então o que fazes aqui?

— Luto pela minha pátria. Combaterei pela vida, não pela morte.

— Amém — fazia Obá, persignando-se à menção daquela palavra que lhe era tão cara, "pátria". Quando, ao pôr do sol, o corneteiro fazia soar o toque de recolher, ele emocionava-se às lágrimas.

— Obá, é preciso método — dizia Casimiro, repetindo o que ouvira em algum lugar. — A vida na caserna é disciplina.

— Olha quem fala — zombava o negro, sem maldade. — Não é você que vive maldizendo a guerra? Pensa que eu não escuto quando dorme, rapaz, e sonha com os quitutes que sua ama preparava? Com o travesseiro de macela que a mamã afofava todas as noites? E quem é essa Conceiça, cujo nome repete sempre que prega no sono?

— Não interessa!

Obá gargalhava, e sua risada franca atroava o acampamento, quebrando a monotonia da espera.

O 12º Batalhão de Artilharia estava acampado ali havia dois meses, à espera de ordens. Todos ansiavam por partir, mas ao mesmo tempo temiam o que os aguardava além, nas fronteiras. Dizia-se que os paraguaios lutavam como feras, instigados pelo amor que tinham a seu líder, **Solano López**.

Casimiro virava-se com a mesada enviada pelo pai. O soldo do Exército, meia-pataca e cinco réis por dia, não bastava para as necessidades básicas. Um quarto de farinha custava ali mais que sua gratificação de campanha! A guerra fazia tudo escassear. Naqueles poucos dias, sua amizade com Obá e Antônio havia crescido. Havia entre eles mais do que a mera camaradagem da caserna. Obá adorava escutar Casimiro, aquele moço tão letrado, e o rapaz também apreciava sua companhia. Os dois tampouco desgostavam da presença silenciosa de Antônio. O amigo era discreto, até para rir era contido. Tão diferente de Obá, que, com sua tagarelice e suas histórias, divertia a todos.

— Arregimentei trinta homens para lutar contra o maléfico invasor paraguaio. Minha terra, Lençóis da Bahia, tão rica em pedras preciosas e minérios, forneceu a têmpera de aço dos meus guerreiros, todos pretos como eu! No entanto, mal cheguei a Salvador, meu batalhão, incorporado aos zuavos baianos, foi desfeito!

Os zuavos baianos eram um batalhão de negros famosos pela valentia. Usavam uma farda característica, de cores fortes, enfeitada com adereços africanos. Por isso as inacreditáveis dragonas de Obá e o cinturão brilhante, de que ele muito se orgulhava.

— Meu batalhão de homens livres se perdeu, mas, se é para o bem do Império, não faço caso. O importante é o resultado, quando o nosso magnânimo imperador se sagrar vitorioso! Longa vida a Pedro II! Viva o Império!

Os soldados entediados, contagiados por sua animação, respondiam com entusiásticos "Viva!", "Viva!".

Na guerra, a espera é mais fatal que o combate. Os inimigos são invisíveis. As doenças, como a disenteria, são o maior flagelo. Soldados se esvaíam e caíam mortos antes mesmo de começar a marchar.

— Este tédio me mata — disse um dia Obá. — Proponho a vossas senhorias que peçamos transferência.

— Também acho — concordou Antônio. — Lá se vão já dois meses e continuamos aqui, atolados feito vacas.

— Para a cavalaria, então! Não mais andaremos a pé feito negras

— decidiu Obá. — Daqui a pouco nos darão latões d'água para levar à cachola...

Casimiro, por ser bom de prosa, segundo Obá, e o mais letrado, foi encarregado de redigir uma petição de transferência. Para sua surpresa, não foi negada.

4

O novo batalhão era conhecido por Boi de Botas. Era comandado interinamente pelo tenente-coronel **Emílio Mallet**. O soldo continuava o mesmo e ainda não durava nada.

O rancho era o de sempre. Havia um camarada que sabia churrasquear, mas onde a carne? Um dia, atrás de uma galinha que ciscava por ali, Casimiro deu de cara com um capitão que se aliviava. Pegou o homem de calças arriadas.

— Perdão, senhor! — perfilou-se.

— Qual o teu nome, soldado? — quis saber o oficial, furioso.

— Casimiro, senhor. Digo, soldado Benato!

— Estás mais para vivandeira, andando atrás de galinhas assim! — exclamou, enquanto afivelava o cinturão. — Onde estás arranchado, seu recheio de latrina? Anda, responde!

— 8º Batalhão de Cavalaria, senhor!

— Está explicado por que fedes a estrume.

— Sim, senhor!

O capitão, enfiando a camisa nas calças, afastou-se, ainda furioso. Casimiro respirou fundo. Perdera a galinha e vira um capitão descomposto! Era demais para um pobre praça!

— Voltaste sem a galinha, menino? — perguntou Obá. Ao saber o que acontecera, desatou a rir. — Fica feliz de não teres perdido a vida! Deste de cara com o capitão **Hermes da Fonseca**.

Antônio quis saber quem era tão afamado capitão.

— Ele responde ao conselho de guerra por atos de arbitrariedade.

Bom oficial, mas avesso à autoridade. Tem uma queda fatal pela insubordinação... Dizem que, uma feita, inquirido por um major por estar sem o boné, perdido em combate, pôs-se a tirar a farda toda, a começar pelas calças. — E riu um pouco mais.

O frio no cerro era cortante. O vento tirava lascas da pele, como dizia Obá. Os campos, ao toque da alvorada, eram brancos de geada. Um **anspeçada** dado a bebida, tendo adormecido ao relento, teve as mãos, desprotegidas, congeladas. O capitão Hermes mandou afundar as mãos dele num urinol cheio, para mantê-las aquecidas, mas não adiantou. Ordenou matar um cachorro, para que as vísceras quentes lhe reavivassem a circulação. Nada. Por fim, as mãos do infeliz gangrenaram e foram amputadas. Ele não resistiu. Casimiro, à visão das mãos decepadas, negras e curvadas como garras de pássaro, vomitou.

— Tens estômago mole — observou Obá.

O cavalo que coube a Casimiro era um cargueiro baio, forte e baixote. Ao ser encilhado, ameaçava disparar, escoiceava, mas, arreado, amansava. Antônio era excelente cavaleiro, mas não era o caso dos demais. Obá teve dificuldade para encontrar cavalo que lhe sustentasse o peso. Antônio achou remédio: encilhar uma mula. O preto se recusou a montá-la, e ia ao lado dela. Ninguém se atrevia a zombar. Só um cabo foi corajoso o bastante para troçar: **Francisco Lacerda**, alcunhado Chico Diabo. Além do armamento de campanha, ele usava uma faca carneadeira, pois era açougueiro de profissão. Assustava.

— Obá, por que não botas a mula às costas, já que te recusas a montar a bicha? — troçava o Diabo.

— Porque eu não ousaria arrear a senhora sua mãe!

A cada insulto, a tropa se colocava na expectativa de uma briga. Mas os dois gargalhavam. Entendiam-se.

Casimiro se endireitava na sela.

— Aguenta-te, cadete! — gritava o oficial encarregado.

E ele aguentava. Não ia servir de troça. Antônio, ao contrário, leve e brejeiro, grudava ao lombo do cavalo como um centauro. Nem usava esporas, tinha pena do animal.

Durante a marcha, Casimiro ia endurecendo. Passaram por Mocoretá, afluente do Uruguai, fronteira de Entrerios e Corrientes. A tropa carregava consigo um canhão Itiê, sob o qual Casimiro dormia, pois considerava as barracas abafadas. Preferia o frio do ar livre.

— Ainda pegas uma constipação — preocupava-se Antônio, mas ele próprio seguiu seu exemplo quando o companheiro de barraca, apelidado Testa Grossa, caiu vitimado pela disenteria.

Ao chegar a Mocoretá, a tropa contava 32 baixas, todas por doença. Os cavalos também morriam, porque não havia forragem. Dormiam soltos para buscar comida, e muitos engoliam sem saber o mio-mio, erva venenosa que grassava no pasto. A maior parte da cavalaria marchava a pé.

Casimiro e Obá foram escolhidos para montar guarda. O gigante achou a barraca mofada, preferiu abivacar. Casimiro concordou. Ao sentar-se no chão, assustou-se com uma serpente. A gargalhada de Obá ecoou no acampamento.

— Qual serpente, é uma cobra-d'água!

Os soldados do Rio Grande, a maioria mamelucos, lenço vermelho atado à cabeça, **boleadeiras** na cintura, chegavam montados em **zainos** galantes, briosos. A Vila Mercedes, ponto de reunião das tropas, fervilhava feito formigueiro. Vinha gente da Bahia, os voluntários da pátria que acudiam do Rio de Janeiro e paisanos de São Paulo.

O clarim soou alto quando um destacamento, vindo do rio Uruguai, chegou. Vinha entre eles um jovem tenente, **Floriano Peixoto**. Tinham as fardas surradas, o armamento meio enferrujado em que se destacavam as Miniés, cujas baionetas brilhavam estranhamente em meio ao azinhavre. Sem dinheiro, exaustos da viagem, comeram, beberam e, refeitos, quiseram apostar. Tinham a burra vazia, precisavam de fundos.

— Quem quer esgrimar? — desafiavam.

Esgrimava-se com as baionetas aferradas. Quem perdia pagava.

À menção do dinheiro, Chico Diabo interessou-se.

— Com o perdão da ousadia, peço licença a vossa senhoria para pelear com a minha arma.

A carneadeira era de melhor empunhadura. Mesmo sem o empecilho da carabina, as baionetas de latão tinham o punho grosseiro, ruim de pegar. Mas, para espanto de todos, o tenente Floriano aceitou.

Chico Diabo começou a negacear à moda dos jagunços. Arrancava faíscas de um ou outro pedregulho na terra, riscando o chão com a lâmina. O som estridente do metal arrepiava os pelos dos espectadores. O tenente não aceitava as bravatas, limitava-se a arquear o corpo, olho no olho do adversário. As apostas corriam.

— Aposto meia-pataca no tenente — dizia Obá.

— Eu cubro! — dizia outro, impressionado com a fama de Chico Diabo.

Quando as lâminas se cruzavam, as fagulhas rebrilhavam. Cada choque era saudado com um urro empolgado da plateia. A uma investida de Chico Diabo, o tenente se ajoelhou no chão. Supunham-no vencido, quando ele rolou sobre si mesmo e, numa cambalhota certeira, parou aos pés do cabo, encostando a ponta da baioneta à barrigueira de sua farda.

— Se fosse uma peleja de verdade, as tripas do Diabo estariam esparramadas no chão — disse Obá, começando a recolher o dinheiro das apostas. Estava rico.

A marcha seguiu.

A chuva caía em barricas. Os soldados lamentavam não ter aguardente para aquecer o sangue.

— Vamos morrer afogados neste dilúvio — disse Obá. — Quem em sã consciência imaginaria perecer em tão inglória parada?

— Por que falas assim? — quis saber Antônio. Casimiro percebeu que ele tinha dificuldade em acompanhar a algaravia de Obá.

O negro mirou o jovem com desprezo.

— Porque sou rei — grunhiu, num muxoxo que nada tinha de real.

Obá amolava a ponta da baioneta, que já tinha fio de navalha. Não fosse a lâmina tão grande, ele a usaria para escanhoar-se. Casimiro passou a mão pelo rosto. Ele próprio deixara de ser imberbe.

Se a guerra não amadurecia um homem, pelo menos temperava seu ânimo. Todos se tornavam irritadiços, prontos a brigar por uma migalha, fosse de pão ou de sentimento. Sentimentos todos tinham ali, mas eram duros como a sola nua de seus pés. Casimiro se perguntava se um exército descalço era capaz de marchar rumo a algum lugar. Mais tarde aprendeu que os soldados se livravam dos calçados, que, encharcados, tolhiam a marcha.

O vento frio da manhã sibilava pelas moitas.

— Triste, menino? — Obá o olhava com curiosidade. — Não há nada pior que a cisma — continuou o negro. — Já vi pretos comerem terra para morrer logo. É aonde a tristeza leva: à morte. Ânimo, rapaz! Vais matar ainda muitos paraguaios e colocar os dentes deles num colar. As moças vão se babar por ti!

Obá deu um gole ao odre de couro, enxugou a boca e passou-o a Casimiro. Casimiro bebeu, perguntando-se o que pensariam dele em Salvador, bebendo com um negro. Para isto a guerra servia: não importa a cor, todos comem e morrem juntos. Devolveu o odre com uma careta.

— Ruim, menino? Antes vinho azedo que morrer de sede. — Obá arrolhou bem a tampa. — Temos ainda sete horas até o amanhecer.

Consola-te, rapaz. A próxima sentinela vai sentir mais frio que a tua pessoa.

Casimiro apertou bem o casaco no corpo. O vento transpassava as costuras. Ah, o sol da Bahia...

Obá, como sempre, pareceu ler seus pensamentos.

— Pensar no regaço da mãe não mata ninguém, mas também não dá camisa, menino. Fica atento aos macacos. Eles vêm roubar nossa comida, que já é pouca. E não vai desperdiçar pólvora com eles. Basta um grito para afugentar os bichinhos.

A espingarda ainda era virgem, como Obá dizia. Casimiro não havia atirado em ninguém, nem em bicho. Os cartuchos eram muito preciosos para serem desperdiçados. Tratava de manter a sua arma bem azeitada com sebo. A Antônio, por causa de sua compleição franzina, coube uma carabina Spencer, mais curta, porém não menos fatal.

— Boa escolha, Tonico! A Spencer é uma clavina soberba! Já a Minié engripa que é uma beleza — ensinava Obá. — Se um punhadinho de areia restar na pederneira, pode significar a morte. A morte num grão de areia! — Ele gargalhava. — Quem disse que somos gente? Somos pó, morremos pelo pó e somos enterrados no pó.

Foram interrompidos pela chegada de dois soldados molhados até o osso. Identificaram-se como remanescentes de um batalhão emboscado, mas recusaram-se a dizer qual.

— Desertores — disse Obá. — Serão castigados.

Foram levados à presença do comandante. No dia seguinte, o toque de reunir despertou a tropa. Oficiais das três armas estavam perfilados.

— O que é? — quis saber Antônio.

— Algo sobremaneira grave — respondeu Casimiro.

Chico Diabo aproximou-se.

— É o julgamento dos desertores. Ou melhor, a pena, porque já foram julgados à noite.

Um capelão e um médico se apresentaram. Os dois recém-chegados, barbeados e limpos, esperavam. Obá estava certo, a pena já havia sido decidida. Quatro corneteiros estavam a postos, cada qual segurando as espadas de prancha, sem ponta nem gume, mas mortais. O comandante indicou o primeiro soldado.

O castigo começou. A cada golpe, o soldado arriava. Recebia as pranchadas nas espáduas, logo expostas pela camisa esfrangalhada. Os corneteiros, cansados, foram substituídos. Uma das espadas, de latão velho, chegou a partir-se nos ombros do homem, que não pôde mais e caiu. O coronel Mallet mandou seguir. O soldado continuou a apanhar de joelhos. Aquilo revoltou Casimiro.

— Fica quieto, rapaz! — aconselhou Obá, detendo-o. — São desertores.

— Isso não é cristão!

— Eles largaram os companheiros nas avançadas — disse Chico Diabo. — Agora vão pagar pela covardia.

Um sargento mandou-os calar.

O castigo continuou. Casimiro contou 732 pranchadas até o homem cair.

O outro soldado foi colocado no lugar do companheiro. A primeira pranchada foi fraca, apenas rasgou-lhe a camisa. O corneteiro estava cansado, um outro sucedeu-o. Dessa vez, ao descer da prancha, o sangue esguichou a mais de três metros, respingando a farda dos soldados com o sangue de um conterrâneo. O desertor resistiu a 1200 pranchadas. O médico tomou-lhe o pulso e acenou aos enfermeiros. Seu corpo desacordado seguiu o do companheiro. Ao anoitecer chegou a notícia: o capelão fora chamado; estavam mortos.

O castigo dos desertores ainda estava bem vivo na lembrança de todos quando a tropa chegou à margem esquerda do rio Corrientes. A frente de batalha estava cada vez mais perto.

Antônio teve uma febre que nada fazia baixar. Casimiro estava preocupadíssimo. O amigo era mirrado feito um garoto, não ia resistir muito naquelas condições. Obá veio com a ideia de chamar um curandeiro da região. Seu nome era Xareié. Sua cabeça, emoldurada por uma cabeleira crespa e adornada com um pedaço de jade, dava na cintura de Obá.

O homem se aproximou cuidadosamente. Receitou um emplastro preparado por ele mesmo e, como paga, recebeu uma bolsa de farinha e carne-seca.

— Viste, rapaz? — disse Obá. — Não há espírito sem carne...

O homem quis saber mais de Casimiro. A presença do moço o incomodava, fazia-o murmurar coisas em sua língua. Apesar das troças de Obá, a Casimiro aquilo parecia feitiçaria. "O que tanto resmunga esse pagão?", perguntava-se. Mas sua tarefa o nativo cumprira. Antônio recuperava as cores, seu rosto imberbe ganhava viço.

E em tempo, porque as tropas não puderam esperar e a travessia do Corrientes começava. Os equipamentos, colocados em balsas, já adernavam perigosamente. Os soldados de infantaria desequilibravam-se e caíam n'água, e o peso do sabre, da carabina e da equipagem, que deveria defendê-los, puxava-os para o fundo.

Casimiro, no lombo do seu cavalo, segurando o de Antônio pelas rédeas, ia ao lado de Obá e Chico Diabo. A correnteza era forte, desequilibrava as montarias. Soldados sobrecarregados bracejavam ao redor de Casimiro, que nada podia fazer. De repente, da margem do rio, escutaram um grito. Era Xareié, o pigmeu que salvara Antônio. Tinha nas mãos um arco, a flecha apontada para o peito de Casimiro. A corda retesada não deixava dúvidas. Em meio à tormenta das águas, poucos perceberam o que acontecia. Casimiro encomendou a alma a Deus, mas um estampido ensurdecedor soou ao seu lado. Ele reconheceu o estrondo, era a carabina Spencer de Antônio. O tiro atingiu o pigmeu no peito, jogando-o para trás como um coice. Obá, que não perdera um detalhe da cena toda, gritou, já em segurança na outra margem:

— Amor com amor se paga, rapaziada!

O acampamento em Lagoa Brava foi dos mais penosos. As moscas não davam sossego: depositavam larvas na carne estendida nos varais, e cada bocado de ração que um soldado levava à boca era coalhado de bichos. Estavam a vinte quilômetros da refrega. Os paraguaios aguardavam no Passo da Pátria, descansados e sadios.

Os reforços aliados foram chegando. Um batalhão chamava a atenção de todos. Os soldados usavam dragonas vermelhas e insígnias de bronze, divisas de guerra que eram vistas de longe. O fardamento só não chamava ainda mais a atenção porque seus portadores eram todos pretos, retintos, de fez à cabeça como os nômades da Bíblia. Eram os famosos zuavos baianos, o batalhão de homens livres do qual Obá fizera parte. Seu comandante, **Quirino do Espírito Santo**, apertou a mão de Obá, comovido.

— Lutaremos o bom combate, Obá — disse o capitão.

Chico Diabo recusou-se a prestar continência ao oficial negro. Cuspiu no chão com desprezo.

— Não dou a mão a pretos que se dão ares!

Casimiro ficou indignado.

— Obá por acaso é branco?

Chico Diabo não se deu por vencido.

— Obá é diferente.

Tal insubordinação era punida com a morte. Não foi castigado porque o capitão se recusou a prestar queixa.

— O perdão do amigo Quirino é pior do que uma cusparada na cara — observou Obá.

De fato, Chico Diabo, humilhado pela grandeza do outro, ficou murcho por um bom par de dias. Quando Casimiro perguntou a Obá se ele não ficara ofendido com o caso, o negro sorriu tristemente:

— Nem todos se lembram de que o sangue de todo mundo é vermelho — ajuntou, numa careta. Estava mais preocupado com uma dor de dente que o atormentava havia dias e que recusava tratar.

A maioria dos cavalos não resistiu à falta de forragem e ao pasto encharcado, por isso a cavalaria atravessaria o temido rio Paraná em direção ao inimigo a pé.

Casimiro engolia o engasga-gato distribuído aos soldados. Fervia-se a carne para matar os bichos, mas o pirão de farinha mofada não tinha salvação. Era comer ou morrer. Antônio, que tinha o estômago fraco e nojo de insetos, sofria.

— Guerrear com a natureza é pior que pelear com o inimigo — dizia.

Casimiro, coando nos dentes as varejeiras que infestavam a boia, concordava. Onde estava a glória da guerra? Em bater-se com moscas?

Finalmente chegaram ao Passo da Pátria. Acamparam nas barrancas do rio. Os comandantes de destacamento zombavam da soldadesca. Para eles, veteranos de outros combates, os mais jovens tinham pressa de morrer. Já para aqueles soldados, cujo mais velho mal completara 18 anos, a guerra finalmente começava.

— Quando lutaremos? — perguntou Casimiro.

— Quando Deus quiser — disse Obá. — E quando o comando-geral achar que estamos preparados.

— Essa espera me mata — disse Antônio.

— O que mata é metralha e baioneta — retrucou Chico Diabo. — Esperar só engorda.

— Eu não consigo engolir essa boia.

— O menino tem estômago de moça — zombou o cabo.

Antônio se levantou prontamente.

— Repete se fores homem!

O cabo ria, alegava a hierarquia para não brigar. Casimiro se preocupou. Antônio não teria a menor chance contra o Diabo. Era só um menino, ao passo que o outro já vira coisas que o próprio diabo, seu contraparente, evitava.

Casimiro também se impacientava. Sentia calores estranhos, inexplicáveis. Tinha saudades de casa, a pele coçava. Pelos surgiam sem explicação e em seguida desapareciam. Cães uivavam à sua passagem. Aquele curandeiro tentara matá-lo. O que acontecia consigo?

— O pior inimigo do soldado é a falta do que fazer — sentenciava Obá. — Cabeça vazia é o jardim do demo...

Até mesmo a prosa do amigo, sempre tão colorida e viva, era agora rançosa. Casimiro sentia cheiros estranhos, mas que não o enojavam. Antes o interessavam. Se alguém se aliviava por perto, ele sabia se o indivíduo era sadio ou doente; se alguém mastigava tabaco, o fedor o incomodava como emanação de veneno. Repugnava-o apenas a catinga dos doentes, porque adivinhava a morte por infecção, sabia quem estava condenado. Evitava o hospital de campanha, sentia-se mareado, corroído por dentro à semelhança dos doentes, que sabiam a pus e gangrena. A Obá essas mudanças de ânimo do moço não escapavam, mas ele atribuía tudo à guerra. A violência desnorteava os homens.

— Em campanha, somos feras, somos brutos.

Casimiro sentiu-lhe o hálito pesado. Obá percebeu e na hora seguinte estava diante do médico, que segurava um boticão.

— Arrancai, doutor.

Suportou a dor sem bebida ou clorofórmio, que ainda havia. Disse que os mutilados precisariam mais; suportar uma amputação sem éter seria uma pena terrível.

Casimiro ainda dormia quando o clarim o despertou. As tropas estavam alinhadas. Os paraguaios, aproveitando a noite, tomaram o acampamento de assalto.

Quando saiu de sua barraca, viu Antônio atracado com um guarani que já o subjugava. Atirou com sua Minié. O inimigo tombou. Fora o primeiro disparo da noite, que ficou iluminada com o clarão dos estampidos que se seguiram.

Os **chefes de peça** não tinham tempo de chegar aos canhões. Eram abatidos a fogo no meio do caminho. Obá movia-se como um desesperado, mas seus golpes tinham método. O sabre-baioneta zunia no ar; onde batia, era um morto. Um guarani avermelhado, usando um chapéu de sol, tombou ao lado de Casimiro. A baioneta de Obá alcançara-lhe os miolos, que respingaram na farda de Casimiro.

Mas o inimigo era numeroso. Os aliados tombavam. No rio, abriu-se um clarão na margem inimiga. Atingida por bala de canhão, uma chata aliada partiu-se em duas. As baixas eram muitas.

Antônio refugiou-se dentro de uma barraca. Chico Diabo, erguendo a carneadeira, quase decapitou um soldado de farda verde com um só golpe. Mas a vitória paraguaia era certa. A artilharia vomitava fogo nos aliados. Na margem oposta, iluminada pelos canhões da metralha incessante, parecia ser dia claro. Os inimigos eram espectros mortais.

Uma nuvem afastou as trevas e a lua surgiu em seu esplendor. Lua cheia, iluminando a morte daqueles soldados. Obá então se deteve.

Sentiu um arrepio. Pressentiu algo perigoso. Nova nuvem cobriu a lua. Uma explosão de obus lançou estilhaços e ele foi atingido. Caiu, desnorteado, sentindo o sangue lavar-lhe as costas.

Alguém puxou sua perna, causando uma dor lancinante.

— Obá!

Era Casimiro, que forcejava por tirar o amigo do caminho, mas ele pesava mais de dez arrobas!

— Me deixa, rapaz! Cuida de te pôr a salvo!

— Não! Vou te levar para um canto seguro!

Casimiro mal podia puxar Obá. De repente, o negro escutou um som gutural, como um rosnado de cão bravo, e foi arremessado a uns dez metros. A ferida em sua cabeça agora sangrava copiosamente. O sangue cobriu-lhe a visão. Apertando os olhos, entreviu adiante uma criatura desumana rasgando carne e osso paraguaios, abrindo brechas no efetivo inimigo, que começou a recuar. A praia do rio ficou coalhada de sangue. Era um soldado aquilo? Um zuavo enorme, espadaúdo? Ou uma fera peluda, desperta em meio ao combate, expulsa de sua toca pelas explosões? Impossível saber. A massa humana recuou, a coisa mordendo e sangrando a esmo. Uma mão forte o agarrou pelo trapo da camisa. Reconheceu Chico Diabo, que o arrastava por entre os mortos.

— Os guaranis estão recuando! Raça de Solano López, filhos duma égua!

— O que foi aquilo, Diabo? — quis saber Obá. — Era um soldado nosso?

— Não sei nem quero saber. Quem procura acha. Melhor deixar pra lá!

Urros horripilantes vinham da noite escura, entremeados com imprecações em guarani e espanhol. O inimigo recuava. Chico Diabo jogou-se no chão ao lado de Obá, ofegante. Por ora, estavam salvos.

No dia seguinte, quando o sol apareceu, os corpos espalhados tinham rasgos de parte a parte no corpo. Nenhuma arma humana poderia ter causado aquele efeito.

Casimiro desaparecera.

Foi encontrado nu e desorientado por um grupo de batedores. O que fazia margem acima, e sem roupa? Chico Diabo achou que ele despira a farda para não ser morto.

— De modo a não ser reconhecido pelo inimigo!

Isso era a suprema desonra, que Obá não podia aceitar. Ele próprio, antes de perder Casimiro de vista, presenciara a coragem do moço! O menino salvara sua vida. A explicação era simples: ele fora levado pela refrega, empurrado pela massa humana margem acima.

— E tirou a roupa para banhar-se? — zombou o Diabo. — Para se refrescar, decerto?

Obá insistiu na valentia de Casimiro.

— Sei não. Tem caroço nesse angu — insistiu Chico Diabo.

Ainda, Casimiro estava mais calado do que nunca. Sempre fora reservado, mas agora evitava contato com qualquer um que se aproximasse.

— Quem tem medo tem vergonha — disse Chico Diabo. — O menino não fala mais.

— Foi o primeiro combate dele — esclareceu Obá. — E ele salvou minha vida.

O olhar duro de Obá encerrou a discussão, mas não a desconfiança. Casimiro era valente ou traidor? Ele não respondia. Limitava-se a ficar calado, cismando.

A *meu pai, o excelentíssimo comendador Eleutério Benato Neves*

Meu caríssimo pai, espero que esta missiva o encontre com saúde e disposição. Não houve resposta à minha última correspondência. Terá a mala postal se extraviado? Dadas as condições das estradas, penso que sim. Tive o meu batismo de fogo, como se diz por aqui. Ou seja, sobrevivi ao meu primeiro combate. Bati-me ao lado de homens valorosos contra homens valorosos. Pelo pouco que me lembro, não envergonhei o nome da família. Digo "pouco" porque há uma lacuna em minha memória: lembro-me apenas do rumor da batalha, do horrendo som de osso partido e do cheiro de carne queimada. Só recordo-me vivamente do medo. O medo que tenho comigo desde o início da campanha. Sou apenas um rapazola em meio a homens feitos. Por que não estou morto? Por que desfaleci e despertei sujo de sangue e lama?

Meu camarada Obá diz que não importa como um homem luta, canhoto ou destro, o que importa é sobreviver... Mas sobreviver sem a lembrança de ter sido covarde ou valente? Viver como um animal, sem recordação? Sou só sentimento? O medo obscureceu meu juízo? Nem sentimento sou, só sensações! Aspiro o ar como um livro aberto... Posso sentir o medo dos prisioneiros, o alvoroço dos vencidos, o bafio da morte atrás de um toco de pau, no fim de uma vereda estreita... Há pouco tempo preocupava-me com a acne que marcava minhas faces, agora estou coberto de cicatrizes! Se não estou morto, fui valente? Será que luto como uma fera, sem piedade? A piedade me faria lembrar da dor que infligi? Chico Diabo diz que a piedade é inútil na guerra, só é útil para o inimigo, que fica vivo para matar na próxima. Matar, matar, não se deixar morrer. Se assim é, qual a diferença entre homem e fera?

Se o senhor pode ajudar a me fazer entender o porquê de tudo isso, não hesite. Agora, que fui batizado com o sangue do inimigo, sou homem. Posso escutar sem assombro.

Teu filho,
Casimiro, soldado Benato, 8º Batalhão de Cavalaria

A água do riacho marulhava. A luz do sol incidia na água fria e magoava os olhos. Sentados à margem, Obá e Antônio catavam pulgas nas roupas, quando Chico Diabo se aproximou com uma enfiada de panelas sujas.

— Ó, piá, deixa os piolhos em paz. Vai cuidar desses tachos.

Antônio se levantou. Era magro como um caniço. Perto de Chico Diabo, parecia uma criança.

— Isso é trabalho de mulher — reclamou. — Por que não pedes a uma vivandeira?

— Porque eu não peço, eu mando — rosnou Chico Diabo. — E as panelas precisam ser areadas. Olha só, já está tudo criando bicho!

Antônio se levantou e, juntando as panelas, saiu.

— Não é a vez de Antônio — observou Obá. — Ele ficou de sentinela à noite, guardando o nosso sono.

— O que esperas, Obá? — Chico Diabo deu de ombros. — Que eu vá arear panelas? E depois vá quarar a roupa?

Casimiro passou por eles. Ia banhar-se no córrego. Juntou-se a Antônio, que já apanhara um punhado de areia, e começou a tirar a roupa.

— Estamos bem-arranjados — disse o Diabo, apontando-os com o queixo. — Esses dois mal saíram dos cueiros... Na próxima refrega, vão servir de charque aos guaranis.

Obá limitou-se a esmagar uma pulga entre os dentes. Sentiu o gosto adocicado de seu próprio sangue.

— Uma a menos. Ó, Diabo, posso dizer-te uma coisa?
Chico Diabo deu de ombros.
— Os rapazes se portaram como bravos. Deixa-os em paz.
— Não estamos em paz, crioulo. Aqui é a guerra.
Obá, com os olhos em Casimiro, que lavava as partes, meio envergonhado, continuou:
— Inda assim. Deixa-os em paz.
— Por que tanto cuidado com os recrutas? Vais também dar de mamar a eles? — zombou o Diabo.
— Cala a boca — disse Obá, querendo encerrar a conversa.
Chico Diabo ergueu no alto a carneadeira e enfiou-a na areia.
— Preto nenhum me manda calar a boca!
Obá se levantou. Chico Diabo apanhou a carneadeira. Antônio acudiu. Na pressa, Casimiro o seguiu nu.
— Por quem são, soldados! — rogou Antônio. — Aqui somos todos aliados!
— Eu sou rei — disse Obá, lentamente, colocando-se de pé.
— Preto forro — provocou Chico Diabo. — Tens tanta valia quanto um jumento ferrado.
— Não sou forro — corrigiu Obá. — Nasci livre e livre morrerei — ajuntou, orgulhoso.
Casimiro colocou-se entre eles.
— Amigos! É como bem disse o Antônio! Somos aliados!
Chico Diabo o empurrou de lado.
— Sai da minha frente, piá.
Tendo à cintura apenas as faldas de pano que lhe cobriam a nudez, Obá encarou Chico Diabo. Foi só um momento. Os dois arremeteram, tentando agarrar o punho do facão. Chico Diabo, mais leve, foi mais rápido.
Com um sorriso mau, ele raspou a lâmina do facão na areia, uma, duas vezes. Antônio e Casimiro recuaram. Obá não tirava os olhos do adversário.
— Vem, crioulo, vou te marcar feito gado!

O suor escorria pelo torso de Obá. Chico Diabo girou o facão no ar como uma boleadeira. Sem dizer palavra, Obá recuou devagar. Depois, num gesto rápido, desprendeu a falda de pano e arremessou-a na cara do Diabo, que se atrapalhou todo, golpeando a esmo. Obá aproveitou para acertar-lhe um pontapé na barriga que teria partido a espinha de um homem comum.

Mas Chico Diabo era tudo menos um homem comum. Ainda retorcendo-se de dor, equilibrou-se nos joelhos e, num salto, ergueu-se. Contudo, um novo murro de Obá derrubou-o de borco na terra.

— Matou? — perguntou Antônio, benzendo-se enquanto Casimiro se recompunha, botando a farda às pressas.

— Acho que não — respondeu o moço. — Mas partiu-lhe as ventas.

De fato, o nariz de Chico Diabo deitava sangue. Obá usou as faldas que jogara no outro como tampão, cobrindo a cara do rival desacordado.

— Chico Diabo não vai gostar nada disso — observou Antônio, evitando olhar para a nudez ebúrnea do negro, que, gentil, ainda ajeitou a cabeça do rival sobre uma pedra.

À minha mãe, excelentíssima senhora Benato Neves (dona Amorosina)

Minha mãe, sei que não tenho o direito de perguntar-te por que meu pai não responde às minhas cartas, por isso, e porque sei que anseia por notícias, falarei de mim. Agradeço as meias de lã que me mandou e a manta de pelo de carneiro que agora mesmo me protege o peito.

Não se preocupe com minhas companhias. Será em vão. São todos homens nobres, os meus camaradas, os poucos que escolhi para confraternizar. Do outro tipo, há tantos, de todos os lugares, mas não me dou com eles. Como é vasto o nosso Império! O que mais me intriga é mesmo Obá, de quem já falei. Que homem! Outro dia quase matou outro, alcunhado Chico Diabo, que queria sangrá-lo como a um porco, e depois o confor-

*tou com as próprias vestes... É pobre, desconfio que analfabeto, pois outro dia o surpreendi lendo o **Cabichuí** de cabeça para baixo. Ao deparar com uma ilustração, percebeu o engano e apressou-se a desvirar o jornaleco! É altivo como um rei, bruto como um cavalo de carga, ao mesmo tempo que se compadece da sede de uma planta, da agonia de um passarinho. Singular criatura! Mas não é o costume. Muitos querem a todo momento provar que são homens, mas portam-se como feras. São mil, 2 mil, mas ao mesmo tempo formam uma massa informe, como cocos no alto de um coqueiro. Quando morrem, não se orgulham. Orgulham-se apenas de permanecer vivos, zombam dos mortos, fazem troça de seus próprios aliados... São desbocados, capazes de arroubos de coragem, mas vergonhosamente covardes quando se trata de trabalhar. Nunca se lavam, mesmo quando há água à disposição, como agora. Antônio, um dos meus, é diferente, mas ele mesmo é um mistério. Mal consegue erguer o fuzil... Por isso prefere a Spencer, tipo de carabina curta, mais leve, ainda que mortal. Limita-se a olhar, olhar, como uma criança. De vez em quando sorri, mas um sorriso envergonhado, de moço vexado. E é muito educado, apesar de sua baixa extração. Disse-me que pastoreava o gado em seu Ceará natal... Enfim, aqui estou eu, em meio a vaqueiros e carniceiros, como o tal Chico Diabo.*

O que estará fazendo a senhora, minha mãe? Disse-me em tua última carta que dorme em leito duro, porque não se sente digna de conforto enquanto teu caçula padece os horrores da guerra... Ah, minha mãe, minha mamã! Nem sequer desconfia o que é isso, esta maldita guerra...

Teu filho,
Casimiro

Para surpresa de Casimiro, depois da surra que levou de Obá, Chico Diabo passou a respeitá-lo. O negro a princípio ficou distante, limitava-se a ceder um lugar a seu lado na hora da boia, mas pouco a pouco dignou-se a dirigir-se ao Diabo com muxoxos.

— Normal. Agora estão acordados entre si — disse Antônio. — Experimentaram a força um do outro, feito bodes. Obá venceu. E pronto. Credo, um murro daqueles derrubava um boi!

Casimiro não cessava de ficar impressionado. Como tudo era simples naquele lugar! Matar, morrer, comer, dormir... Eram as mesmas necessidades de um bicho. Estavam reduzidos a isso, a sentimentos carnais.

Um dia toparam com uma família de paraguaios. Eram pai, mãe e três filhas. A mais nova não tinha mais que 12 anos. Fugiam da guerra não se sabia para onde, pois as tropas aliadas estavam no caminho. A menina caçula foi comprada por Chico Diabo por uma pataca.

Obá e Antônio estavam na vanguarda. Casimiro afiava seu punhal e sua baioneta quando um praça caolho o abordou:

— Sabes da novidade? Chico Diabo vai vender a paraguaiazinha a quem pagar mais!

— Do que estás falando, homem? — perguntou Casimiro, sem entender nada.

Em menos de um minuto, chegaram a um aglomerado. Chico Diabo expunha a menina, triste e franzina, aos olhares de todos, e abria a boca dela à força.

— Olha os dentes, seus pestes! Já viram dentadura mais branca? Quem me dá duas patacas?!

Ele arreganhava os lábios da moça ao mesmo tempo que dava palmadas em suas partes. Casimiro sentiu as faces arderem.

— Deixa a moça em paz, Chico Diabo!

— Cala a boca, moleque. Ela é minha, eu comprei! — E o Diabo continuava sua arenga. — Quem dá mais? É uma bugre, quase não tem pelos!

— Solta essa criança, degenerado! — insistiu Casimiro.

— Olha só, cambada! — zombou Chico Diabo. — O peãozinho fala grosso! Quer ficar com a guria sem pagar, é isso?!

Todos riram, divertidos. Na boleia de uma carroça de mantimentos, chegaram Obá e Antônio, que estacaram surpresos ao ver a cena.

Chico Diabo ergueu o vestido roto da menina. Um murmúrio de admiração ergueu-se da plateia. Aquilo foi demais! Casimiro arrancou a moça das mãos do Diabo, que imediatamente o agarrou pelo pescoço. As mãos do açougueiro-soldado eram como a tenaz de um ferreiro. Casimiro começou a sufocar. Nesse momento, o Diabo foi ao chão, derrubado por um chute certeiro de Antônio, que acudira prontamente. O golpe fez Chico Diabo dobrar os joelhos, mas, como uma mola, ele se pôs de pé.

— Ótimo, agora eu mato esses dois pombinhos com uma paulada só!

Casimiro tossia, tentando se recompor. Antônio deu o braço fino a ele.

— Te prepara, Casimiro. Protege as minhas costas!

Obá, passos atrás, assistia a tudo impávido. Chico Diabo olhou para ele como se pedisse permissão. O negro deu de ombros. Eram dois contra um.

— Vou sangrar os dois que nem bacuris — sorriu maldosamente Chico Diabo.

Antônio investiu primeiro. Chico Diabo o derrubou com um cachação. Casimiro tentou acertar-lhe um soco. A soldadesca urrava, aliviada do tédio do acampamento. Chico Diabo jogou um contra o outro, às gargalhadas. Eles não eram páreo para o veterano. O sulista tinha força e malícia, coisas que faltavam àqueles dois. Depois, ainda bateu suas cabeças uma na outra. Casimiro sentiu-se desfalecer.

— Parem com isso!

Era o coronel Mallet, que, com a prancha, começou a surrar Chico Diabo. Rechaçado pelas vigorosas pranchadas, o açougueiro recuou.

— Maldito insubordinado! — gritava Mallet, sem parar de bater. — Toma! Canalha, biltre! — E depois que bateu à vontade, acrescentou: — Coloquem esse infeliz a ferros!

Dois praças correram a amarrar Chico Diabo a um mastro.

— Três dias e três noites ao sol e ao relento. Só a pão e água. E vocês dois — ajuntou, dirigindo-se a Casimiro e Antônio —, tratem de se recompor! E ajudem essa menina!

A menina, fraca demais para se manter de pé, foi amparada por Antônio.

O velho capitão espumava de raiva.

— É uma criança! Vocês são soldados ou ratos? Malditos selvagens! Se for preciso, mando fuzilar a todos! — arrematou, esmurrando os soldados a esmo.

Todos recuaram com medo. Um deles, atingido por um soco, desmaiou. Na fuga, os outros o pisotearam. Obá abriu caminho para o comandante, que se afastou, ainda vociferando.

— Raça de Caim, insubordinados!

Três dias depois, quando Chico Diabo foi finalmente desamarrado, caiu sobre os joelhos e jurou matar primeiro Casimiro, depois Antônio.

O rio Paraná afinal foi transposto. Casimiro sentia-se retorcer por dentro, tinha cólicas violentas, que o levavam a dar socos no próprio estômago. Era como se abrigasse uma fera dentro de si. Os sentidos de seu corpo, todos eles, ficavam despertos mesmo durante a noite. Qualquer ruído o sobressaltava; até o relincho de uma montaria o exasperava. Os dentes lhe pareciam afiados, sentia-os cortar a língua às vezes. Aquilo não ia bem.

Do outro lado do rio, Casimiro e Chico Diabo foram destacados como batedores. A Chico Diabo aquilo pareceu providencial. Seria a chance de matar Casimiro.

Antônio procurou Obá e pediu a ele que intercedesse.

— Tu és o único que Chico Diabo respeita — argumentou o moço.

— O Diabo está decidido. Culpa Casimiro e a ti pelas pranchadas que levou do Mallet. O bicho está indócil.

— Ele vai matar Casimiro.

— Não vai — retrucou Obá.

— Como podes ter tanta certeza?

Obá apertou o rosto do rapaz entre as mãos enormes.

— Confia em mim, Antônio. Casimiro há de sobreviver a todos nós. — E ajuntou tristemente: — Para azar dele...

Antônio não entendeu patavina. Mas jurou a si mesmo seguir os dois na calada da noite e matar Chico Diabo.

À noite, pegou a clavina e conferiu a carga. Os cartuchos não estavam lá. Obá entrou, ocupando todo o interior da barraca com seu corpanzil. Indicou os bolsos, de onde tirou sete cartuchos.

— Isso pertence a mim, Obá — disse Antônio.

— Essa munição não vai te proteger, Tonico.

— Basta um para matar o Diabo. Minha pontaria é boa.

— Se saíres à noite, não é com Chico Diabo que tens que te preocupar.

— É com o que então? — insistiu Antônio, intrigado.

Obá sorriu tristemente o seu sorriso franco e, aproximando-se do rapaz, inesperadamente o golpeou na cabeça. Antônio desmaiou sem ruído.

— Arre, que leveza — disse Obá, erguendo-o e colocando-o com cuidado sobre a manta reiuna. — Amanhã vais acordar com uma bruta dor de cabeça, menino, mas ao menos estarás vivo.

E, ajoelhando-se ao lado dele, Obá começou a rezar.

Uma partida de cabras tocadas por dois pastores barbados como profetas. Por que iam à noite?

— São reses para alimentar paraguaios — explicou Chico Diabo.

"O Diabo não para de falar. Decerto espera a hora de me matar", pensou Casimiro.

— Vamos matar os paraguaios e tomar as cabras. Assim teremos carne e leite — continuou Chico Diabo.

— São paisanos! — observou Casimiro, indignado.

— São soldados disfarçados. Repara nas botas, são das nossas. Roubadas de brasileiros, como tu e eu.

— Se são soldados, então não viajam sozinhos.

— Tens razão. Há de haver batedores. Eu vou pelos flancos. Tu és ligeiro, corre à frente.

O suor escorria pela cara de Casimiro. Naquele mesmo dia, tinha se barbeado, mas os pelos nasciam-lhe grossos como crina. No dia anterior, o coronel passara-lhe um chumaço de estopa pela cara, que ficou todo esfiapado. Chamara-o bárbaro. Dissera que valia menos que um paraguaio. O batalhão todo caçoou.

Súbito, um estampido. "Chico Diabo atirou!", adivinhou Casimiro. Um paraguaio apareceu esbaforido e correu à frente do jovem, que fez mira. Atirou. Errou. Atirou. Errou. O paraguaio passou a correr em zigue-zague. A Minié engripou. "Maldita areia", praguejou Casimiro. Jogou de lado a equipagem e correu atrás do paraguaio, que tropeçou e caiu. O sabre atrapalhava, mas Casimiro era rápido. Em meio à carreira, relanceava os olhos para a lua. Quando alcançou o inimigo, saltou em cima dele, que negaceava à sua frente, golpeando. Deu uma, duas estocadas no ar. O mesmo sabre que lhe tolhera a corrida era muito útil agora.

Menos afoito que o rival, o paraguaio se posicionou e ergueu a faca.

— *Venga, cabrón.*

O sabre comprido o mantinha afastado. O homem era forte, Casimiro sabia que, se ele se aproximasse, seria seu fim.

— *Hijo de puta.*

Casimiro aparou mais um golpe e cravou o sabre na linha da cintura do rival. O homem gritou. Chico Diabo os alcançou, resfolegante. Num golpe rápido, sangrou o paraguaio pela garganta. O sangue que assomou borbulhava feito café quente.

— Mas que demora para matar um guarani!

— Agora é enterrar — falou Casimiro, recuperando o fôlego.

— Eu não vou me dar ao trabalho de enterrar um paraguaio. Deixa o infeliz pros urubus.

Casimiro começou a cavar com uma pedra chata. "Matei como homem. Posso sentir piedade. Não sou uma fera. Era homem como eu.

Darei a ele um enterro cristão", pensou. Até que Chico Diabo ergueu a Minié e fez pontaria no peito do companheiro.

— Agora que cavaste a sepultura do paraguaio, como queria, deixa a vala aberta. Porque ela vai servir de cova pra ti também.

Chico Diabo engatilhou a espingarda.

Casimiro fechou os olhos. "Minha mãe... meu pai. Que fatalidade..." Sentiu-se fraquejar, a pele lavada pelo suor frio. Ensurdecia-o o grasnar insuportável de um corvo, o pio distante de uma coruja, o silvo da língua bifurcada de uma víbora. Sentia o cheiro de sangue da presa, vislumbrava a baba viscosa do predador, os estertores da morte... Desfalecera. Casimiro lutava contra a sua consciência. De repente, escutou um grito. Abriu os olhos. Diante do que vira, Chico Diabo recuava. Corria, apavorado, trôpego, achando que já estava morto. Um urro atroou a noite e tudo estremeceu. Chico Diabo caiu. O esfíncter solto, cheirava a merda.

— Casimiro... Por quem és, me poupa a vida!

Chico Diabo chorou, mal se lembrava da última vez em que sentira o gosto salgado das lágrimas.

— Tem piedade!

Chorava como uma criança. Quando abriu os olhos, estava sozinho.

A meu pai, o excelentíssimo comendador Eleutério Benato Neves

Meu pai, por que esse inexplicável silêncio? Por que me abandonaste? Pior, por que me enviaste para a morte? A vida aqui é um rápido avanço para o fim. Posso matar como um homem ou ser morto. Rezo para que isto aconteça, que eu seja morto. A mãe guarda o meu retrato entre os refolhos do vestido. O retrato de um morto.

Teu filho,
Casimiro, soldado Benato, 8º Batalhão de Cavalaria

7

Casimiro suspirou, com preguiça. Estavam à sombra de um ingazeiro, Obá remendava as alpercatas.

— Coisas estranhas acontecem comigo, Obá. Afinal, o que viste na primeira batalha?

— Vislumbrei, no meio da contenda, um cão de guerra — respondeu Obá, erguendo os olhos. — Um demônio encarnado. Mas é verdade? Não sabes de ti, Casimiro?

Casimiro hesitou, mas por fim revelou, num suspiro:

— Foi por isso que meu pai me mandou para cá. Agora entendo.

— Eu vi o indizível, menino. Vi o cão de guerra. Vi o inferno e as harpias que vinham bicar os meus olhos. Espaventei todas junto com os guaranis. E vi que te transformaste em homem no meio da peleja. Em homem e em alguma coisa a mais.

— Em quê?

— Sei somente que nada sei, meu bom amigo — disse Obá. — Só te peço que fiques senhor de ti. Eu te devo a vida, e a palavra de um rei não se esquece. Sempre estarei do teu lado.

— Obrigado, amigo. Mas ficarás ao lado de um pecador.

— Não tens culpa de ser quem és, Casimiro, menino. Temos culpa apenas de nossos atos e omissões. Não podemos culpar os desígnios de Nosso Senhor. Ele é o nosso pastor. Só Ele pune e castiga, só Ele julga. A tu, a minha amizade.

Obá estendeu a manzorra castigada.

— Tenho orgulho de apertar tua mão, Casimiro.

Casimiro reprimiu as lágrimas. Obá se afastou com seu passo comprido. Quem diria, ele, dando a mão a um negro. O que diria seu pai? E mais: o que diria seu pai se soubesse que seu confidente no *front* era um africano? E ainda por cima meio doido. E que, talvez por isso mesmo, entendesse a insensatez da guerra e a incerteza de sua condição.

— O que Obá te falava? — perguntou Antônio, oferecendo a ele um naco de rapadura.
— Da guerra.
— Lutaste contra Chico Diabo, afinal?
Casimiro não respondeu.
— Há de ter lutado, e vencido — concluiu Antônio. — Do contrário, o Diabo não teria nos deixado em paz...
De fato, do mesmo jeito que seu xará fugia da cruz, Chico Diabo passou a evitar os dois, principalmente Casimiro.
Antônio levou a rapadura à boca e mordiscou um pedaço. Cuidadoso, tirou do meio dos dentes um grão duro de farinha.
— Obá acertou-me de jeito naquela noite. Para que eu não vos seguisse. Fiquei zangado, mas depois entendi que ele só queria salvar a minha vida. Parece até que sabia o que ia acontecer! — ajuntou Antônio, intrigado.
— Obá sabe de muita coisa — disse Casimiro, misterioso.
Antônio franziu as sobrancelhas, cansado de tentar entender. Não diziam que a guerra é sem sentido? Pois então. O melhor era viver com isso.
Na praça, soou o toque de recolher.

Casimiro pediu transferência. Os amigos ficaram desconsolados, mas ele foi irredutível.

— Ninguém foge de si mesmo, menino Casimiro — observou Obá.

Contudo, não conhecendo a si mesmo, sem saber quem ou o que era de fato, temia machucar os amigos. Ou, pior, matar alguém. Pensara em desertar, mas seria a suprema vergonha para sua família. Não bastava aquela maldição? O que seria do pai caso mergulhasse em opróbrio?

Casimiro redigiu uma longa petição em que expunha seus motivos. Em resumo, queria ir para a infantaria, para morrer de pé. Não queria mais viver à sombra daquela expectativa que o dominava e o envolvia num mar de brumas. O comandante Mallet, impressionado com tamanha vontade, cedeu.

— Infantaria? — surpreendeu-se Chico Diabo. — Vais servir de bucha de canhão.

— Ao menino parece que não interessa mais viver — observou Obá.

Antônio escondeu uma lágrima que escorreu para sua boca. Fungou, fingindo um espirro.

— Não vás ficar constipado — recomendou Obá. — A nós basta uma baixa.

Estero Belaco, 4 de janeiro de 1866

O 7º Batalhão de Infantaria era conhecido como o Treme-terra. Casimiro apresentou armas diante do comandante, capitão Turíbio Felinto, que imediatamente o recriminou por estar armado diante da autoridade.

— Não vos ensinaram hierarquia? — perguntou o comandante.

Confuso, Casimiro perguntou-se como apresentaria armas desarmado. Mas não ousou falar. Como castigo, o capitão mandou-o desfilar nu diante dos camaradas. Todos eram veteranos de outras batalhas; eram mais fortes, mais velhos, experimentados em outras campanhas. Ninguém riu de sua nudez, porque todos já tinham sofrido algum tipo de punição, contudo estranharam tantas cicatrizes em um corpo tão jovem. Pareciam marcas de garras. Um deles perguntou a Casimiro se ele havia sido atacado por uma pintada.

Casimiro recebeu o equipamento. Uma carabina enferrujada, um cantil sem rolha e o capote de um soldado morto. Seu superior era Martinho Rosa, um alferes que fazia versos, alvo constante das pilhérias de seus subordinados.

O Treme-terra era como um navio pirata. Ninguém falava de si próprio, e Casimiro desconfiava que alguns ali já haviam sido postos a ferros. O sargento era um tipo sarapintado, apelidado de Ferrujão. Mas ele não fazia caso.

Sua primeira tarefa foi esvaziar as latrinas dos oficiais. Não havia muito serviço, pois, além do alferes, só havia um oficial, o capitão Felinto. Embora formado na escola de armas, Felinto manejava o sabre-baioneta como um soldado e falava na gíria deles, blasfemando e xingando como um embarcadiço. Nunca se barbeava. Dizia que em campanha um soldado precisava de companhia, por isso sua barba abrigava os piolhos de estimação. Quando ria, ele sacudia a barriga, amiúde cheirava a aguardente. Seu bafo era capaz de fazer um morto protestar. Um dos praças, Orlando Rodrigues, cujo apelido era Orlando Furioso, adaptara a carabina de um modo muito peculiar: distribuíra lâminas afiadas pela coronha, engastadas na madeira. Assim podia ferir "a torto e a direito". Quem mais chamava a atenção era um cabo, promovido a contragosto por tempo de serviço. Veterano da Cisplatina, onde dizia ter perdido uma mão heroicamente, engastara no lugar um gancho, daí o apelido Anzol. O gancho servia-lhe, entre outras coisas, para amolar o fio da baioneta. Como arma, usava um revólver de seis tiros, que atirava continuamente. Casimiro ficou espantadíssimo.

— É um **Colt** — explicara o velho cabo. — Comprei no porto em Nova Amsterdã, de um velho soldado confederado. — Posso usá-lo muito bem com uma mão só.

Diziam que, na verdade, Anzol serrara o braço no porto de Santos ao ser levado a ferros pela polícia. O enforcamento era a pena dos piratas. Era a mão ou a corrente, que despedaçaria sua serra. Optou pela mão. Antes aleijado que morto.

Alguns mal falavam português. Tartamudeavam numa tal de língua geral, uma língua mestiça como eles, herança de seus antepassados brutos. Casimiro não entendia patavina do que aqueles soldados falavam, mas tinha vergonha de perguntar. A exemplo do capitão, ninguém se barbeava. Muitos nem precisavam, eram imberbes de nascimento, por serem meio índios. Tinham cara de anjo, mas os olhos brilhavam, maus, quando estavam à roda da fogueira. Gostavam de contar histórias de façanhas e riam de se sacudir quando alguém se feria nas tarefas corriqueiras. Tinham tanta piedade quanto uma cobra acuada. Suas brincadeiras eram brutas, sempre físicas; estapeavam-se com força, o que muitas vezes descambava para a briga. Quando isso acontecia, logo faziam um círculo e colocavam o dinheiro das apostas no centro dele. Os lutadores não podiam pisotear os cobres, do contrário eram castigados.

O mais velho dos praças, Tobias, tinha o corpo coberto por tatuagens, dos pés ao rosto, e a pele curtida pelo sol revelava seu passado de marujo. Decerto também fora pirata, Casimiro pensava. Não podia entender como o Exército abraçava tais bárbaros. Todos eram insolentes, referiam-se a **Osório** como se fosse um mero praça, tão miserável quanto eles.

A minha mãe, senhora Benato Neves (dona Amorosina)

Minha amada mãe, agora sirvo noutro batalhão, sob novas ordens. Lembra-se do Zé da Pipa, que tinha essa alcunha porque, segundo o pai, era conservado em álcool? O meu comandante é dessa estirpe, a dos borrachos. Não se preocupe com minha franqueza, porque os censores do Exército encarregados de examinar a correspondência mal sabem ler. Mas não os condene: um soldado deve se preocupar com as armas, não com a pena.

Reze por mim, minha mãe. E saiba que, nas horas de vigília, é na tua santa imagem que busco conforto. Guardo boa saúde, agasalho-me a contento.

Teu filho,
Casimiro

A meu pai, o excelentíssimo comendador Eleutério Benato Neves

Meu caro pai, saiba o senhor que pedi transferência para a infantaria. Espero lutar em breve nas avançadas. Já tenho marcas de combate. Orgulhar-se das cicatrizes é o nosso lema: cada qual é a lembrança de uma batalha. As minhas não, pois aparecem depois das noites de turvação. Vou dormir e acordo opaco, sem lembranças, como a estrada após uma ventania. Houve um tropel ali, mas as marcas já não existem. O meu camarada Anzol diz que lutar no mar é que é difícil, pois as águas são um túmulo cruel, não guardam a memória dos mortos. Ninguém finca uma cruz na superfície. Banho-me sozinho, como um cão que se lambe. A pele das minhas cicatrizes é mais fina, porque é nova. As feridas se fecham rapidamente, como se pensadas com água benta. Ou com sangue fresco. Meu outro confrade, Orlando, me disse que uma ferida lavada com o sangue do inimigo fecha muito mais célere. Eis a razão da minha saúde: uns vão dormir e acordam encharcados de suor, eu desperto banhado em sangue. Meu pai, o que está acontecendo comigo? Que Deus Todo-poderoso salve a minha alma, porque eu perdi a inocência.

Teu filho,
Casimiro, soldado Benato, 7º Batalhão de Infantaria

Um dia, esquecido de seus afazeres, pois ninguém cobrava nada de ninguém, Casimiro soube que o alferes tinha sido vitimado por uma disenteria.

Casimiro foi chamado pelo capitão Felinto.
— O senhor sabe ler?
— Sei, sim, senhor.
— Escrever?
— Decerto que sim.
— Pois então está promovido a alferes.
— Eu?!
— Vê mais alguém nesta sala?
— Não, senhor capitão.
— O comando-geral será avisado de sua promoção.
— Sim, senhor!

Quando saiu da tenda do capitão, foi agarrado pela cintura por seus novos comandados. Erguido no ar por aqueles brutos, passou de mão em mão, como se tivesse o peso de um passarinho.
— O novo alferes do Treme-terra!
— Salve!

Hurras se fizeram ouvir até nas avançadas.
— Mas o que é isso?! Me larguem!

O novo alferes foi enfiado até o pescoço numa barrica de aguardente. Casimiro ainda se debatia, os olhos ardendo, quando o capitão deixou sua tenda.

— Mas que artes são essas?

Anzol explicou, entre gargalhadas:

— O novo alferes precisa ser batizado!

Casimiro, afogado até a cintura, os olhos ardendo feito brasas, perfilou-se.

O capitão, ainda em meio ao riso de sua tropa, aproximou-se, meteu o dedo na barrica e experimentou o sabor.

— Aguardente.

— Sim, senhor! — responderam em uníssono.

— Suas cavalgaduras! E quem é que vai beber isso agora?

As risadas morreram imediatamente. O capitão explodiu, furioso:

— Não havia água à disposição para batizar o calouro?! Estamos em guerra! Vocês vão arranjar mais uns cinco galões de bebida, seja onde for! Animais! Pedaços d'asno!

Lá dentro de sua tenda, continuou vociferando. Todos ficaram condoídos. Ninguém pensara na preciosa mercadoria. Anzol, depois de ajudar Casimiro a sair da barrica, meteu a mão em concha dentro dela e experimentou a bebida.

— Igual ao que era... Ora, mal não há de fazer. O alferes é limpinho!

Todos irromperam numa gargalhada estrondosa. Até Casimiro riu-se, ainda que a contragosto, mas o capitão não estava brincando. Não ia beber a água do banho do alferes Benato, por mais asseado que ele fosse. E aguardente, assim como carne-seca e farinha mofada, não podia faltar naquele batalhão.

O remédio era buscar mais. Mas onde? Não havia entrepostos militares. O país devastado pela guerra carecia de tudo. Nas *fondas* da região? Era o jeito, mas arriscado. Os paraguaios dos territórios conquistados muitas vezes envenenavam a comida. Fora o risco de escaramuças, ao topar com algum batalhão desfalcado, mas ainda bem armado. Até os paisanos ofereciam perigo. Havia muitos soldados que abandonavam a farda, porém continuavam combatendo. Eram perigosos. Conheciam a região, botavam armadilhas em cacimbas e enterravam obuses na areia da estrada. Nos povoados, cada casebre derruído podia abrigar uma cilada.

Ficou acertado, por sorteio, que Casimiro, "culpado" por ter estragado a bebida, e mais três voluntários iam buscar a bebida: Anzol, Tobias e Orlando Furioso.

O vilarejo mais próximo era a cerca de três léguas. A caminhada, iluminada pela luz mortiça da lua, era feita em quase total escuridão. Iam em marcha descuidada, pilheriando uns com os outros, quando escutaram vozes. Era uma algaravia de sons distintos, falavam-se várias línguas. Os quatro soldados se debruçaram sobre um barranco, de onde descortinavam o acampamento.

Era um regimento, não havia dúvida, mas muito pitoresco. Os soldados não tinham uma vestimenta única. Uns usavam barretes à cabeça; noutros, a farda era composta de um estranho hábito, como o dos monges; percebia-se que eram estrangeiros de várias nacionalidades.

— Mercenários — disse o Anzol.

— Parecem gringos — disse Casimiro, já acostumado ao linguajar dos confrades.

— O que são mercenários? — quis saber Orlando.

Ao contrário de Anzol, Orlando nunca saíra de sua terra natal, o Ceará. Tinha o conhecimento de uma criança.

— Soldados a soldo — grunhiu Tobias. — Lutam por quem paga mais.

Casimiro ficou reconfortado ao sentir a pressão de sua carabina sob o peito.

— Serão dos nossos?

— Não se sabe. Mais prudente recuar.

Anzol se levantou com uma presteza enorme para alguém de sua idade, mas o osso de seu joelho estalou. No silêncio da noite, o ruído soou como uma pistola sendo engatilhada. Os mercenários imediatamente se ergueram, buscando as armas. Um deles, preto enorme, cuja carapinha sustentava um barrete curto, amarrado à cara por uma tira de couro, apontou para o barranco. Um tiroteio cerrado partiu do acampamento.

— O que fazemos agora? — perguntou Casimiro, colado ao chão feito lagartixa.

— Corremos!

Mal disse isso, Anzol saiu a toda, seguido pelos outros. A chuva de balas continuou. Logo à frente, pararam para tomar fôlego, quando viram um sujeito de olhos puxados, com um punhal retorcido pendendo da cinta. Nas mãos, segurava um **bacamarte**, apontado para o bando. O cano da arma, largo como boca de canhão, era como um jacaré pronto a engoli-los. Casimiro nem queria pensar no estrago que aquele trabuco podia fazer.

Foram levados à presença de um homem bonito, que arrastava um espanhol sofrido, misturado ao guarani local. Tinha sotaque d'além-mar.

Em poucas palavras, disse que tinha ordens expressas de arcabuzar qualquer suspeito que cruzasse suas linhas. Estava em terras conquistadas, e ele era um homem a serviço de sua rainha e do imperador dom Pedro II.

— Também eu sou súdito do Império — disse Casimiro. — Somos brasileiros.

O comandante ficou surpreso. Casimiro explicou que viajavam sem farda para não despertar a atenção do inimigo. O estrangeiro percebeu que Casimiro era educado.

— *Parlez-vous français?*
— *Oui.*

Começaram a parlamentar na língua que Napoleão fez internacional. Anzol, Tobias e Orlando acompanhavam sem entender patavina.

— Mas vamos falar português, se não te incomodas. Ou os teus companheiros não hão de nos compreender.

Casimiro admirou-se do português do forasteiro. Era impecável!

— Esforço-me. Estou traduzindo o maior poeta da língua, o senhor Camões.

Anzol espichou o olho.

— Camões? Não é um fidalgo que vive na corte?

Sir **Richard Burton**, esse era o nome do inglês, achou graça.

— Como perdeste a mão, soldado?

— Tubarão. Sou um velho marinheiro que caiu em desgraça com o mar. O camarada Tobias, que serviu comigo, não me deixa faltar com a verdade.

Casimiro tossiu, envergonhado da mentira.

— E tu, soldado? — O homem dirigia-se a Tobias, que resmungou qualquer coisa.

— Ele não fala — explicou Casimiro. — Melhor, fala pouco.

— Não precisa. As tatuagens falam por ele — disse o anfitrião. — Esta aqui fizeste na Guiné, não é?

Tobias assentiu, surpreso.

— Fazem essas incisões para escoar os humores maléficos do corpo — continuou o inglês. — Escarificar é uma prática religiosa, só os nativos marcam-se assim. O que fizeste para ser considerado um igual aos locais?

— Lutei ao lado deles.

O inglês pareceu satisfeito com a resposta. Em seguida mandou servir rum a todos. Em instantes estavam bêbados. Casimiro, ardendo de curiosidade, perguntou o que um cavalheiro tão educado fazia ali, naquelas lonjuras.

— Sirvo à sua majestade, a rainha Vitória. Seu imperador, que Deus o conserve, mandou-me parlamentar com o general Flores. O meu regimento montei no porto de Santos, onde tenho a honra de servir como cônsul do meu país.

— São homens muito peculiares os teus — disse Casimiro, passando os olhos pela tropa.
— Tanto quanto os teus. Marinheiros longe do mar. O meu Aznar é malaio. Conheci-o no Oriente distante. Gostaste do punhal? Aznar, *come here*! É um **cris**. Cada curva da lâmina se chama *luk*, e um cris deve ter pelo menos 13 *luks*, senão traz má sorte. Cada povo tem sua arma de tradição.

Casimiro sopesou a lâmina retorcida, de nobre aço, na palma das mãos. Observou que não tinha fio.
— Bem observado. O cris é usado apenas para estocar. É uma arma fatal.
— Senhor cônsul, teu regimento vai para as avançadas?
— Não vim guerrear. Sou um mero espectador no teatro da guerra.

Seu olhar atento percebeu a mirada de Casimiro aos seus papéis. A mesa, composta de uma tábua sobre dois pedregulhos chatos, tinha uma infinidade de documentos.
— É um diário.

Casimiro já tinha ouvido falar em espiões. Seria o britânico um deles?
— Faço relatórios do que vejo. Fiz o mesmo na Índia e na África, onde ganhei esta lembrança. — Era uma cicatriz grande, que lhe atravessava o rosto moreno da pálpebra à ponta dos longos bigodes. — E o senhor, alferes?
— Servi na artilharia, fui para a cavalaria e agora...
— Infantaria. Os que morrem primeiro. Como se diz por aqui, bucha de canhão. Pareces-me educado.
— Meu pai é comendador na Bahia.

O cônsul estava intrigado.
— Alistaste-te por conta própria?

Casimiro não respondeu.
— Estás aqui — disse o cônsul. — É o que importa.

Levantou-se. Tinha quase dois metros de altura e ombros largos como os de Obá, mas sem a gordura do negro. Era atlético, apesar de beirar meio século de vida. Cheirava a almíscar, como uma mulher.
— Tens os sentidos apurados — observou o inglês.

Casimiro retraiu-se. Como o gringo percebera? Não sabia que suas narinas se dilatavam ligeiramente ao perscrutar o ar. E que erguia ligeiramente a cabeça, como os cães quando farejam.

— Tens irmãos, soldado?

— Seis, senhor. Todos homens.

— És o sétimo. — Ficou pensativo. — Nem uma mulher para fazer companhia à tua mãe?

— Não, senhor.

— E foste despachado para o *front* — acrescentou tristemente.

Eles saíram da barraca, limpa como uma sala de estar. Tinha até tapete! Bonito, enfeitado com desenhos exóticos. Dadas as condições, era de admirar tanto asseio. O céu estava estrelado e a noite, muito clara.

— As noites na América são tão iluminadas — comentou o cônsul, aspirando o ar. — Será que tarda a lua cheia?

Casimiro, ocupado em observar os homens, que apostavam numa competição de queda de braço, não respondeu.

— Vocês podem abivacar por aqui. Vou me recolher.

Sir Burton recolheu-se à sua tenda. Casimiro, procurando um canto para descansar, rodeou sobre si mesmo, pisoteando galhos e afastando pedregulhos que incomodariam seu sono. Esse gesto também não escapou ao gringo, que acenou, num sorriso cordial, antes de fechar a lona da barraca atrás de si.

Casimiro dormiu o sono dos exaustos.

Quando despertou, o sol já ia alto. Piscou, incomodado. Não tinha o hábito de acordar tarde. Ultimamente nem dormia! Preferia a noite ao dia e, não fosse o chamado do clarim, de bom grado ficaria deitado o dia todo. À noite se sentia mais desperto.

O cônsul banhava-se dentro de uma tina d'água. O ordenança Aznar volta e meia molhava sua cabeça.

— Bons dias! — saudou ao avistar Casimiro. — Queres banhar-te?

Casimiro bem que estava necessitado. Seu capote ainda tinha as manchas de sangue do soldado morto a quem tinha pertencido. Meio envergonhado, ele se despiu.

— São cicatrizes de batalha? — indagou o cônsul, ao ver seu torso marcado.

— Decerto que sim — Casimiro baixou os olhos, envergonhado da mentira.

— Sempre foste assim peludo?

— Desde que me fiz homem.

— Já conheces mulher?

Casimiro ruborizou feito uma menina. O inglês não tinha papas na língua! Diante do seu silêncio, *sir* Burton mudou o rumo.

— Mais tarde vou examinar as cartas geográficas. Queres aprender como se faz?

Antes que o ordenança malaio do cônsul lhe jogasse uma tina d'água na cabeça, Casimiro fez que sim. A água quente relaxou-o tanto que o inglês, percebendo, o deixou em paz e também ficou em silêncio, fumando de olhos fechados. Decerto pensava em sua terra natal, além-mar.

Os mapas tinham mais de cinco palmos de comprimento e precisavam ser estendidos no chão. Casimiro, refrescado e de estômago cheio, estava bem desperto, ansioso por aprender.

— Conheci um general do teu exército que examinava os mapas medindo as distâncias com o charuto.

Ele riu-se, divertido. Casimiro não viu a graça disso.

— Depois observei que os mapas que ele examinava não eram do Paraguai... Sabes o que me respondeu, o gênio? "E o que tem isso?"... Sabes por que esta guerra ainda não está ganha, Casimiro, se me permite chamá-lo assim? Porque a tolice impera de lado a lado. Argentinos, uruguaios, brasileiros, todos pensam igual ao inimigo paraguaio... Não há estratégia, apenas escaramuças. O teu general Osório já percebeu isso, conheci-o na corte, é um homem de valor. Mas o restante, não, infelizmente. Luta-se em trincheiras num terreno hostil... Esta guerra nunca vai passar de uma série de guerrilhas, que nunca têm vencedor.

Casimiro assentiu. Ele mesmo havia chafurdado em charcos e presenciara a peleja homem a homem com baionetas. O que o assustara mais, antes de perder os sentidos, depois de ter tirado Obá da linha de fogo, tinha sido o ruído do metal rompendo osso quando o corpo a corpo teve início. Investidas terríveis que terminavam com o estalo pavoroso de madeira partida! E o estrago era indescritível.

— Solano López diz que o soldado paraguaio vale por três brasileiros. Incutiu essa ideia em seus soldados, que lutam como fanáticos. O segredo do seu sucesso é essa coragem desabrida, mas o do seu fracasso é que os inimigos o adivinham. Falta-lhes cérebro. Talvez por causa da mistura do sangue índio com o europeu.

— Já vi brasileiros em combate — retrucou Casimiro, ofendido. — São tão bravos quanto o inimigo.

— Acredito. Mas observa o teu batalhão. Não tem ordem. Não respeitam fardamento nem autoridade.

— São exceção.

— O exército de teu imperador, em tempos de paz, não tem um efetivo de reserva. Não há homens treinados, prontos a entrar em combate. O que há no Brasil são paisanos bem-intencionados. Olha o caso dos voluntários da pátria. A maioria são civis, não têm treinamento, apenas patriotismo. Patriotismo desinformado, mistura de credo e tenacidade, no qual os ditadores deitam e rolam. Vejamos o Paraguai. — E apontou para o mapa. — Este país, invadido e sovado pelos outros americanos, se dá ao luxo de ter uma religião oficial, a Católica Apostólica Romana. E Solano López é papa e presidente ao mesmo tempo. Assim a coisa desanda, não achas?! Pareces-me um moço letrado...

— Conheço Shakespeare, Byron, um pouco de Heine, que li em tradução do *Jornal do Comércio*...

— Vês? És inteligente, conheces literatura! No Paraguai não há analfabetos, é certo, mas o que sabem esses infelizes? Os paraguaios só leem o catecismo, um e outro volume de viagens... E a vida dos santos! Um curioso contraste com a minha Inglaterra natal e nossos 2 milhões de crianças sem instrução.

Casimiro pensou nas leituras da mãe, que eram exatamente aquelas. O cônsul continuou embalado:

— O elemento educacional é estéril como uma mula. Vê a imprensa! O jornal, que no meu país é mais possante do que a máquina a vapor, no Paraguai é um mero divulgador do governo. López é um *peacock*... Como se diz aqui? *Peacock?*

— Pavón — respondeu o ordenança em mau português, servindo uma caneca de erva-mate.

— Ele tem a irlandesa consigo. A Lynch.

A Lynch, assim chamada, era Elisa Alicia Lynch, irlandesa por quem López se apaixonara e que era a mãe de seus filhos.

— Agora mesmo recua do Passo da Pátria, alferes, caçado pelo teu Exército. Leva com ele todo o séquito da irlandesa: pajens, preceptoras para os filhos, todo tipo de bajuladores, como aquele padre Maíz, que engole a hóstia, mas reza ao diabo em segundo lugar e a López em primeiro. Os filhos, que deveriam aprender o inglês do nosso bardo, aprendem a algaravia do **East End**, falam como um arruaceiro de Dickens, no mais puro **cockney**... Eu, que conheço o mundo e não morro de fome, pois posso pedir um pedaço de pão em alguns idiomas, sou incapaz de entender o que eles dizem! A ignorância, mais do que a guerra, pode levar um país à ruína, meu caro alferes.

Casimiro estava tonto. O cônsul citava nomes e lugares que ele jamais conheceria. Contudo, falava com ele como a um igual, o que o envaidecia. Ficou pensando numa citação de *Hamlet*, que havia lido em excertos, para impressionar o gringo, mas não teve tempo. Ele continuou, enchendo-lhe a caneca de rum.

— Conheces o *Cabichuí*? É um jornaleco feito para levantar o moral dos paraguaios, impresso com o dinheiro de impostos. Ridiculariza a imprensa da tua corte e a de Buenos Aires. Chama aos brasileiros "macacos".

— Já fui insultado com essa alcunha.

— Não faças caso. Tive um exemplar nas mãos. É ridículo e, como tudo, pertence ao governo. O caso do comércio é exemplar. É nominalmente livre, mas o governo, isto é, o presidente, possui mais da metade do território do país. É uma república que tem um imperador, uma estância cujo capataz sonha com grandezas, sem ter os pés no chão. E dizem que quem guia os passos dele é a irlandesa. Estão bem-arranjados, os paraguaios.

O recém-promovido alferes estava boquiaberto. Como era possível tamanha instrução? Como se mantinha tão bem informado o inglês? Será que era um espião da Coroa de seu país? Onde arranjava aquele rum, que descia pela garganta como veludo, e como andava aquele regimento de estrangeiros tão bem instalado?

— É hora de partir. O capitão Felinto me espera.

— Coloca-te à vontade, soldado. Só peço que fiques para o almoço. Teremos carne de caça.

O almoço foi servido quando o sol ia a pino. O cônsul estava bem-acostumado aos trópicos. Havia carne de tatu, anta e vinho. Casimiro deleitou-se. Nunca provara néctar tão delicado. Seus homens preferiram o rum, mais forte e encorpado.

Comeu e bebeu tanto que ficou empanzinado.

— Posso fazer-te uma pergunta?

Casimiro respondeu que a um anfitrião tão caloroso nada se nega.

— Notaste alguma mudança em tua pessoa?

Casimiro não entendeu a pergunta.

— Além dos pelos que tens no corpo, dos sentidos aguçados, percebeste alguma... transformação?

O moço rememorou seu primeiro combate. Havia tido uma perda momentânea da memória. Mencionou-a.

— Disseste que carregaste pelo campo um homem com praticamente o dobro do teu peso?
— Sim, meu compatriota Obá. Preto que vale por um branco.
— Onde está ele agora?
— Decerto continua no Oito — respondeu, referindo-se ao 8º Batalhão de Cavalaria.
— Comandado pelo velho Mallet. Um veterano da Cisplatina. Conheço sua fama. Até hoje os aliados uruguaios o veem com desconfiança, por causa de sua ferocidade.
— Heroísmo.
— O que é heroísmo para os vitoriosos é perversidade para os derrotados.

Casimiro não ousou contradizer aquele homem impressionante.
— Mas fala mais de teu batismo pelas armas, Casimiro...
— Acordei no dia seguinte ao combate. E tinha marcas no corpo, feridas abertas. Decerto foram punhaladas dos paraguaios.

Casimiro preferia calar-se, mas aquele homem fazia perguntas demais.
— Hoje de manhã, ao banho, reparei nas tuas cicatrizes. Não são marcas de punhal nem de baioneta. São curvas, como se causadas por garra de fera. Na África, conheci um somali que fora atacado por um leão jovem. Era valente, matou a fera com a lança, mas ficou marcado para sempre. As cicatrizes lembravam as tuas, só que eram mais profundas.

O cônsul percebeu a confusão de Casimiro e continuou pausadamente.
— Havia mortos ao teu redor? Mutilados?
— Era uma batalha.
— Pergunta idiota, não é mesmo?
Ele pegou um pequeno espelho.
— Na Índia, conheci um rapazola que foi criado entre lobos. Tinha cicatrizes como as tuas. E unhas muito compridas, deixava marcas na própria pele ao se coçar.

Casimiro não sabia aonde o britânico queria chegar.

— Vês esta marca no teu pescoço? Fosse de fera, estavas morto.
A cicatriz era visível na superfície do espelho.

— Os lobos, rezava a lenda, receberam o menino na alcateia como a um igual, e igual era o tratamento dado a ele. A fim de adestrarem-se para a caça e para o combate, os bichos crescem engalfinhados, simulando lutas. Nunca reparaste no focinho dos filhotes de cão? Sempre têm marcas de dentadas. Parecidas com as tuas.

— Não me consta que sou um quadrúpede, senhor cônsul.

— Longe de mim tais conjecturas. Mesmo porque meus olhos são bons. E o que vejo é um moço educado, que fala até francês! Mas com lapsos de memória. Não sabe o que aconteceu consigo mesmo. Ou o que acontece.

— Se o senhor se refere ao meu primeiro combate, eu estava de fato desacordado. Por acaso o senhor se lembra de tudo o que acontece quando dorme?

— Jamais esqueço os pesadelos. Por mais que eu tente.

— Senhor, se é tudo... — disse Casimiro, erguendo-se.

Antes de sair, perfilou-se e prestou continência. O cônsul ficou sozinho com seus pensamentos.

Lá fora, os soldados de Casimiro e os mercenários de Burton continuavam pelejando entre si. Agora lutavam à romana, empurrando-se feito bois, a cabeçadas e ombradas.

— Soldados — ordenou o alferes. — Levantar acampamento. Devemos partir.

Iam longe quando Anzol se aproximou de Casimiro.

— O que tanto palestraste com o gringo?

— Não interessa. E apressa-te. Precisamos ainda conseguir a aguardente do capitão!

Casimiro seguiu adiante, o passo duro pisando a estrada de terra. Tobias já vira homens mudarem rapidamente: no calor da batalha, depois de um grande desapontamento, de uma desilusão. De uma feita, em alto-mar, vira um homem jovem encanecer feito um velho da noite para o dia, depois que uma corvina trouxera a correspondência: a amada esposa morrera de tifo, que pespegara no filho recém-nascido, também logo vitimado pela doença. Apesar de continuar com os cabelos pretos de nascença, Casimiro tinha os mesmos olhos vazios e perdidos daquele homem.

A vila mais próxima, se teve nome um dia, este ficou esquecido sob os escombros. Não havia uma só construção de pé. Casimiro avançou a passos largos para a *fonda*, que comercializava carne-seca, erva-mate e bebida. Era tudo o que tinham.

— Cuidado — alertou Tobias, detendo Casimiro pelas vestes.
— O que foi?

Pegou um pedregulho e, recuando alguns passos sem soltar a camisa do outro, arremessou-o a um montículo de terra. O estrondo que se seguiu deixou Casimiro surdo. Levou a mão aos ouvidos, dando um grito de dor.

— O alferes tem ouvidos sensíveis — riu Anzol.
— O que foi aquilo?
— Um obus enterrado na areia. Chamam a isso mina terrestre. Para mutilar os nossos. Os paraguaios os plantam pelo caminho à medida que recuam.
— É desonroso — disse Casimiro.
— Meu caro alferes — disse Anzol —, honra é só uma palavra. Na guerra não há dicionários.
— Falou bonito o Anzol — gracejou Orlando. — Onde aprendeste essas delicadezas, homem?
— Não sou um bruto como tu.

Seguiram adiante, com mais cuidado. A *fonda* não passava de um balcão decrépito coberto de sapé. Uma mulher de cabeleira preta retinta era a comerciante.

— Precisamos de bebida — disse Casimiro, descobrindo-se.

— O querido alferes não perde os bons modos — pilheriou Anzol.

— Decerto pensa que está na corte — ajuntou Orlando.

Os três soldados, apoiados em suas carabinas, gargalharam. Casimiro não fez caso.

— Tens aguardente, senhora? — pediu, com gentileza.

— *Si pueden pagarlo...*

Anzol mostrou a mochila cheia.

— Vê, dona? Está inchada de cobres!

— *Llena de vermes, como tu vientre* — disse a mulher. — *Quiero ver el color del dinero.*

Anzol atirou três moedas a ela, uma de cada vez. A mulher as experimentou, mordendo-as.

— *Falsa, falsa* — disse, jogando de volta duas das moedas. Cheirou a última. — *Esta sirve, más para un solo.*

— Um odre de aguardente aguado por meia-pataca? Estás doida, mulher? — zombou Anzol. — Chama teu marido, quero ter com ele.

— *Fue muerto por los brasileños* — disse ela, encarando-o com ódio.

— Decerto era uma boa bisca.

— *Era soldado, y no como tú, que ni uniforme utiliza.*

— Foi roubado por um paraguaio!

Casimiro interrompeu.

— Chega, Anzol. Ficaremos com o odre, senhora.

A mulher passou o odre a Casimiro, que agradeceu.

— Antes ela precisa experimentar, senhor alferes.

— Por quê?

— Pode estar envenenado.

A mulher olhou-o com ódio. Pegou o odre, desarrolhou-o e tomou um longo gole, mantendo-o na boca.

— Engole, bruxa — ordenou Anzol.

A mulher engoliu.

— É bom — disse ele, arrebanhando o odre e saindo. Tobias, Orlando e Casimiro o seguiram.

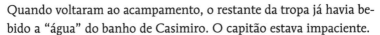

Quando voltaram ao acampamento, o restante da tropa já havia bebido a "água" do banho de Casimiro. O capitão estava impaciente.
— Só um odre de aguardente?
Devido à sede, ficou furioso. Obrigou Anzol a dobrar a sentinela de plantão.
Casimiro, dispensado, foi examinar-se em um caco de espelho. As palavras de *sir* Burton não lhe saíam da memória. De fato, as marcas em seu corpo eram reveladoras. Iam e vinham como se ele se coçasse constantemente, mas com muito vigor; pareciam feitas por garras de fera. E como justificar aos outros as mudanças em seu humor? Quando contrariado, tinha furores de morte. Como esconder isso dos seus camaradas? Não jurara morrer com eles se necessário? Sim, mas temia matá-los antes. E isso o castigava diariamente, esse pensamento ia e voltava feito um chicote na sua consciência, girava insano feito um pião, lançava-o num redemoinho que, ele tinha certeza, jamais cessaria.
Como estaria sua mãe? Seus irmãos? Há tempos não recebia notícias. E Conceiça? Teria se casado com algum agricultor que comprara sua liberdade? Era uma linda negra mina, cobiçosos não faltavam, ainda mais em Salvador! Ah, que saudades da terra! Mas sentia-se como se não fizesse mais parte de lá.
A doença que o acometia tinha cura? Ele a sentia entranhada, como o sangue que corria nas veias. Outros, igual ao cônsul, desconfiariam de sua condição? Ele percebera os sintomas em sua pele, em seu ânimo. O homem o tratara como um presságio de algo ruim.
Anzol se aproximou.
— Não sentes frio, meu alferes? Estás sem o capote!
— Ultimamente não sinto nada.
— Casimiro, tens idade para ser meu filho, quiçá meu neto... Por isso queria te dizer uma coisa.
— Fica à vontade.

— O que falaste com aquele gringo na barraca dele?
— Queria me falar ou fazer perguntas?
— Os dois. Para chegar a um tenho que partir de outro.
— Ele acha que estou doente.
— Qual! — duvidou Anzol. — És forte como um bezerro! Quando a guerra acabar, serás um touro!
— Devo tomar isso como um elogio?
— Sem dúvida. Escuta, eu e os camaradas vamos sair. Aceita?
— Não estás de sentinela?
— O capitão encheu as tampas e dorme feito um frade — riu Anzol. — Vamos aproveitar. Antes do amanhecer estaremos de volta. Queres?

Casimiro estava cansado de cismar sozinho.

— Aceita, rapaz! Não tens idade para melancolia! A tristeza é uma coisa horrorosa! Conheci um menino no porto de Londres que amarrou uma âncora ao pescoço e se jogou ao mar, porque sentia saudades de sua terra! A cavalgadura achou que ia encontrar a mamã no fundo do mar, mas só serviu para engordar os peixes! Deixa disso, rapaz! Viver a vida é muito melhor do que viver a morte! Já vemos destruição todo santo dia nesta maldita guerra! Agora é hora de diversão!

Casimiro decidiu-se.

— Por que não?

Chegaram a um casebre no meio da estrada, que nunca tinha sido mais do que isso. Era uma casa de mulheres. As paraguaias eram todas morenas e miúdas. Esperavam, como todos naquela guerra. Casimiro pôde contar seis delas. A mais velha, megera encarquilhada e vivida, passava das cinco décadas de existência. Os cantos da boca voltados para baixo davam-lhe um ar feroz. Era a ministra daquele estado-maior de amazonas. Discutiu preços, debateu como um comerciante experimentado. Apontando a Casimiro o dedo nodoso, indicou a mais jovem, que não tinha mais que 13 anos. Casimiro negou-se. Ela riu e, dobrando ainda mais a espinha curvada, chamou-o *maricón*. Orlando mandou-a calar a boca.

— Arrebento os dentes que ainda te restam, bruxa!

A mulher não reagiu ao insulto. Já ouvira coisas piores.

Sobre um catre de couro, uma china de vestido estampado velava o sono de uma doente. Ao pé dela, um cachorro magro rosnava sem parar, contido ora e outra por um pontapé. Todas estavam descalças. Os pés tinham vincos tão profundos que se desdobravam em rachaduras dos dedos ao tornozelo. Teriam sido aquelas mulheres damas de pés sensíveis? Ou já eram calejadas assim de nascença? A Casimiro tudo era um mistério. Conceiça fora a única mulher que beijara.

— *Está rojo* — gargalhou uma mestiça. Tinha olhos maus de ave, apertados para ver melhor.

— *Pobrecito* — disse outra, a única alourada, cuja grenha crespa crescia atrás das orelhas em tufos eriçados. Na terra de Casimiro, mulheres assim eram chamadas de sarará.

A mais curiosa era branca como a areia da praia. Os olhos eram amarelados. Já tinha visto um tipo assim, num circo de cavalinhos que passara por Salvador.

— O que tem essa china? — quis saber Anzol.

— *Nació así la pobrecita* — respondeu a alcoviteira.

— Devia tomar um solzinho para ver se amorena um pouco — observou Orlando.

— *No puede con el sol* — disse a mulher. — *La piel se queda tostada como una cucaracha.*

— Credo. Da até gastura ver uma tipa dessa...

— Olha o respeito, Anzol — advertiu Casimiro. — Ela é albina.

— É o quê?

— Albina. Um dia vi uma preta assim exposta no circo, perto da minha Salvador natal.

A moça baixou os olhos.

— Eu vou esperar lá fora — disse Casimiro. Aquela situação o estomagava.

Anzol tentou segurá-lo pela manga.

— Ei, Casimiro... Aproveita, alferes! Podemos ir pras avançadas de uma hora para outra... Pode ser a tua última chance... Ou preferes pegar alguma vivandeira? Elas todas têm dono! Estas aqui estão à disposição!

Casimiro saiu, debaixo da risada das moças.

A albina foi atrás dele.

— Não ficaste?

— *No me quisieron.*

— Sinto muito, senhora... senhorita.

— *Señora. Me casé con 13 años. Casi la tuya edad.*

— Tenho 18.

— *¿Verdad?*

Ela acariciou o rosto de Casimiro.

— *Eres guapo... Contigo me voy sin recibir... Voy* de graça, *como dicen...*

— Não posso.

— *¿Dejaste un corazón roto en tu tierra?* — ela riu, simpática. Para surpresa de Casimiro, tinha bom humor. — *No vas a esperar mucho* — continuou a moça. — *Los hombres no esperan.*

Continuou sorrindo em silêncio. Passou a mão pela cabeça, tentando arranjar a cabeleira. Depois, abraçou Casimiro pela cintura.

— Senhora, já disse...

Casimiro sentiu uma dor cortante, como uma fisgada. Saltou de lado por instinto. A paraguaia levantou-se mudada, tinha agora a cara crispada. Nas mãos, um canivete, que tinha disfarçado nos cabelos.

— *¡Muere, macaco!*

Golpeou duas vezes, em vão, gritando-lhe insultos. Lá dentro, Casimiro escutou dois tiros. Ergueu a carabina de Orlando.

— Larga a faca ou esqueço que tu és mulher!

Ela hesitou, mas tentou cortá-lo novamente, mirando o pescoço. Casimiro tirou o corpo, ela perdeu o equilíbrio e ele acertou-a com a coronha da arma. Os estiletes engastados na madeira rasgaram o couro cabeludo da mulher, que soltou um grito medonho, levando a mão à cabeça. Quando a retirou, tinha o braço lavado em sangue.

— *¡Socorro, chicas, que me muero!*

Abriu a porta num repelão. Orlando, seguido por Anzol, vinha correndo com as calças arriadas.

— Emboscada!

— Putas!

A mais velha surgiu em seguida, engatilhando com dificuldade um velho mosquetão de pederneira. Antes que ela conseguisse atirar, Orlando sacou seu Colt. O disparo alcançou-a no peito, fazendo-a desequilibrar-se. Era forte a velha! Ficou em pé no umbral da porta, impedindo a saída das outras mulheres. Quando caiu, os homens despejaram fogo. As que vinham atrás tombaram, as outras recuaram, tentando fechar a porta atrás de si. Mas foi inútil. Anzol, forçando a porta a pontapés, arrombou-a. Orlando entrou em seguida, e a fuzilaria continuou lá dentro. Casimiro ficou sozinho. Não ia participar de uma carnificina! Quando os dois soldados abriram a porta de novo, pisoteando os corpos das mulheres seminuas, traziam Ferrujão nos braços.

— A minha rameira me feriu de faca, alferes — gemeu o velho sargento.

— Vais ficar bem, sargento — disse Casimiro, segurando a mão do velho soldado.

— Tinha o pulso forte a desgraçada. A lâmina rasgou fundo...

O sangue vazava por entre os dedos do sargento.

— Coloquem-me no chão! Quero morrer feito um soldado! De pé!

— Aguenta, amigo! — disse Casimiro. — Vamos levar-te ao acampamento! Lá serás tratado pelo médico!

— Não! Aquele açougueiro vai me abrir de novo à toa! — Fez um esforço, debatendo-se com força. — No chão, animais, ponham-me no chão! É uma ordem!

Tobias, Orlando e Anzol entreolharam-se e depois fixaram os olhos em Casimiro, pedindo sua aprovação.

— Obedecei.

Com cuidado, depuseram-no na terra batida. Ferrujão ergueu-se com dificuldade, mas ficou firme.

— A gata velha me unhou de jeito!

Não pôde mais e sentou-se.

— Bebida!

Anzol estendeu a ele o cantil.

— Quero morrer como um soldado! — gemeu. — De pé!

Devolveu o cantil e soltou uma golfada de sangue. Antes de cair no chão, estava morto.

— Que fatalidade! — exclamou Anzol. — O que faremos?

— Ele precisa de um enterro cristão. Ajuda aqui, Anzol. Pega do outro lado, Orlando!

Então ouviram um grito abafado.

— ¡Socorro!

— O que foi isso? — assustou-se Orlando, soltando os pés do morto, que caiu novamente.

— Toma cuidado, homem! — disse Anzol, com dificuldade para segurar o corpo sozinho.

Casimiro pediu silêncio. Os gritos continuaram, abafados.

— Tem alguém preso aí dentro — entendeu Casimiro. — E é mulher!

Entraram de novo, pé ante pé. Casimiro tomou cuidado para não pisar nos cadáveres. A cabeça da gorda era uma massa de sangue e miolos, emoldurando olhos vidrados que os encaravam. Tinha sido atingida na nuca, enquanto tentava correr. Anzol empurrou o cadáver com o pé.

— Não fique impressionado — disse o maneta. — Elas mataram o Ferrujão, alferes!

— Esta infeliz foi atingida pelas costas — observou Casimiro. — Isso não é digno.

Os gritos agora eram entremeados por batidas fortes no assoalho.

— Melhor deixar a prosa para depois — disse Tobias.

— Os gritos vêm do porão. Há de ter um alçapão no assoalho — disse Casimiro, revolvendo os poucos móveis. — Aqui!

Usaram a Minié para erguer a tampa do alçapão, que se abriu num estalo. Desesperada, uma mulher saiu de lá sem ajuda.

— ¡Un ratón! ¡Socorro!

Uma ratazana se debatia entre seus cabelos. Casimiro tentou tirá-la de lá, mas ela estava enrodilhada.

— ¡Ay, ay, ay! ¡Ayuda! ¡Socorro! — gritava a pobre.

— Está emaranhada nos cachos — disse Anzol. — Só sai se cortar!

— ¡No, cortar mi pelo, no!

— A bicha não tarda em morder-te, senhora! — falou Casimiro. — Melhor cortar.

Casimiro já tinha destacado a baioneta da carabina. Anzol segurou a dama apavorada.

— Corta, senhor alferes, que a madama está segura!

Casimiro separou uma mecha com cuidado e cortou-a num golpe seco. A mulher gritou. A ratazana de mais de um palmo agora se debatia em sua mão. Ele a jogou pela janela aberta.

— *Dios mío* — gemeu a mulher, deixando-se cair numa cadeira suja.

Estava vestida apenas com uma camisola de algodão. Os braços nus exibiam marcas de unha, que Casimiro supôs serem resultado dos maus-tratos das mulheres mortas.

A infeliz chorava, soluçando muito. Os seios mal cobertos pelo algodão rústico arfavam. Anzol parecia hipnotizado.

— Vamos sair daqui — ordenou Casimiro.

Os dois correram a erguer a pobre mulher, que, apavorada, balbuciava coisas sem sentido.

O capitão estava furioso.

— Vocês me trazem um soldado morto e uma paraguaia! — vociferava. — Não era para ser o contrário?

Casimiro resumiu em poucas palavras o que ocorrera.

— Vadiando com rameiras... Era só o que faltava! E nem me chamaram! A mim, que sou seu superior! — Caminhava de um lado a outro. — Onde está a meretriz sobrevivente?

— Ela não é uma meretriz, senhor. Chama-se **Francisca Garmendia**.

No caminho, mais calma, a prisioneira relatara seu fado a Casimiro. Sentiu que podia confiar naquele moço quase imberbe, que tinha mais ou menos a sua idade. Tinha seios firmes e braços enxutos. Seu corpo seminu, que ela cobrira com o capote ensanguentado do finado Ferrujão, era branco como o de uma menina, pintalgado de sardas que deixaram os três boquiabertos.

Revelou que se chamava Francisca Garmendia e fora condenada por López à pena capital, a morte por lanceamento, por suspeita de espionagem. Tudo porque era íntima da marquesa de Santa Paula, linda mulher, segundo ela, que fulgurava na corte e era recebida pela própria imperatriz. Ela própria era fidalga, viscondessa de Garmendia.

— Qual fidalga! — rosnou o capitão Felinto. — Se ela é fidalga, eu sou o marquês de **Caxias**! Isso é uma perversa! Decerto foi amante dalgum fidalgote de província e foi parar naquela casa de tolerância! Ela é uma inimiga, alferes!

— Senhor, é uma civil!

— E daí?
— Não guerreamos contra civis.

O capitão tentou se conter para não estapear o alferes e o cabo, que se mantinha sabiamente calado.

— Guerreamos contra qualquer coisa que seja capaz de empunhar um fuzil. Vocês não foram quase mortos numa emboscada? Por um bando de rameiras?

Envergonhado, Casimiro teve de admitir.

— Sim, senhor.
— Traga-a a minha presença.

Ao sair da barraca do capitão, Casimiro viu Anzol, Tobias e Orlando deblaterando para saber quem ficaria com a mecha de cabelos da senhora Garmendia. Os três já estavam mais do que bêbados, e volta e meia um deles dava um gole de aguardente ao morto. A bebida escorria pelo queixo lívido de Ferrujão.

— Que papelão é esse? — indignou-se Casimiro.

Os três se recompuseram, trôpegos, e apoiaram-se uns aos outros.

— Fizemos um brinde à memória do morto, senhor alferes!

— Parai com isso! — ordenou Casimiro. — É indigno! Pela manhã daremos um enterro cristão ao sargento. —E onde está a senhora Garmendia?

— Refrescando-se, empoando o rosto, cacheando os cabelos — esclareceu Anzol, com uma pantomima que fez todos rirem. — Orlando Furioso esqueceu a brabeza e emprestou um laçarote a ela...

Um soco em seu estômago o fez calar e rolar de dor sobre si mesmo. Orlando preparou um pontapé para completar a obra.

— Chega! — gritou Casimiro. — Não tendes respeito pelos mortos?!

O trio perfilou-se, a custo.

— *Estoy* pronta, *señor* alferes.

A senhora Garmendia estava de pé diante deles. Tinha se recomposto com o vestido de uma das vivandeiras que acompanhava a tropa. Estava rota, mas limpa, e, diante dos soldados boquiabertos, estendeu a mão, que Casimiro tomou, maldizendo-se por não ter se lavado.

Impressionado com a beleza da mulher, o capitão se levantou para saudá-la.

— Seja bem-vinda, senhora Garmendia.

— *Señorita*.

— Eu estava há pouco dizendo quão cansativa deve ter sido sua viagem... Esses brutos a importunaram? — perguntou, apontando Casimiro.

— *Sus hombres* salvaram *mi* vida, *señor capitán*.

E, sem perder tempo, contou que fora feita prisioneira havia três semanas. Levava um salvo-conduto do tio, barão de Erendira, mas de nada adiantara.

— Papéis têm pouca valia numa guerra, *señorita* — disse o capitão.

Ela assentiu.

— *Mi* comitiva foi chacinada. *Mi* dama de companhia e *mis* pajens foram *muertos después* de todo tipo de atrocidade.

O capitão estava curioso. Casimiro mais ainda, mas não ousava interromper.

— Por que fariam isso, se me permite a pergunta? — quis saber o capitão.

Ela continuou, emocionada.

— Porque fui... *la favorita del* general Solano López.

Essa declaração, feita em voz firme e clara, deixou-os aterrados. O nome do inimigo provocou um silêncio tão profundo que Casimiro escutou o rangido das botas do capitão. Depois de trocar um olhar perplexo com o subordinado, o capitão voltou-se para a mulher diante de si:

— O que a senhorita está me dizendo?

— Foi o que ouviu, *señor capitán*. Fui *la favorita* daquele que *vo-*

sotros chamais "El ditador" e que *nosotros* paraguaios chamamos de *Napoleón del Plata*.

"Está mais para Napoleão do charco", pensou Casimiro, lembrando-se das pilhérias dos soldados. A misteriosa mulher continuou:

— Ele tomou *las tierras* de *mi padre* e mandou executar *mi hermano*. *Mi madre, que Dios la tenga*, morreu de desgosto.

Os homens se entreolharam.

— Eu disse a ele que *jamás* me entregaria. Que só me *tendría muerta*. Ele fez entender a todos que, mesmo tendo *mi* família destruída e *mis tierras* confiscadas, eu me apaixonei por ele. Manteve-me escondida, para que *la verdad jamás* viesse à tona.

— E como a senhorita sobreviveu ao ditador?

— *Mi padre tenía* amigos fiéis, que subornaram *mi* carcereiro.

— E está aqui, viva e com saúde — observou o capitão.

— *Más muerta* do que viva, até que *sus hombres* me resgataram.

Ardendo de curiosidade, Casimiro não se conteve.

— Como a senhorita foi parar naquela... naquele lugar?

— No puteiro — esclareceu o capitão.

A mulher corou. Mentirosa ou sincera, era uma dama.

— *Los hombres* de López nos alcançaram. Eu buscava a Argentina. De lá, auxiliada pelos amigos de *mi* família, tomaria um navio até a vossa corte, onde seria bem recebida, *tengo* certeza.

— Em tempos de guerra?

— *Señor, soy una civil. Ni* todos os paraguaios concordam com López. *Ni* mesmo *los* lopiztas, velhos aliados de *su padre*, entre os quais *mi* família se incluía.

Casimiro já tinha escutado histórias como essa. Muitos políticos paraguaios foram fuzilados por se opor às ideias do ditador, e suas mulheres, as chamadas destinadas, recolhidas a campos de prisioneiros.

Felinto ainda não estava convencido.

— Se López a mantinha viva, mesmo sem ter jamais conseguido o seu afeto, por que a senhorita caiu em desgraça?

— *Una mujer* enciumada é capaz de tudo. Eu despertei o ódio da Lynch. Os guardas de *mi* comitiva foram chacinados por um destacamento em fuga. Tivemos *la mala suerte* de estar no caminho deles. Como estavam feridos, preferiram seguir adiante sozinhos e *me dejaram* ao cuidado de La Bamba...
— La Bamba?
— *La* exploradora de *mujeres* que atentou contra *vosotros*.
— Ela foi morta por Anzol — esclareceu Casimiro.
— Pena que tarde demais para salvar o meu sargento Ferrujão... — lamentou o comandante.
— *Lo siento* — disse a paraguaia. Seu queixo tremia.
— Senhor — interrompeu Casimiro, em defesa da mulher —, sou testemunha de que essa senhorita era prisioneira das lopiztas.
— Eu não perguntei nada, senhor alferes — falou o capitão.
— Perdão, senhor.
A senhorita Garmendia se adiantou.
— *Mi capitán*, se isso for causar algum atavio ao alferes Benato, eu vos rogo...
— Quem roga aqui sou eu. Eu rogo, mando e desmando. Rogo que a senhorita fique quieta. Pelas informações que me passou, devo levá-la ao alto-comando. Senhor alferes!
— Sim, senhor!
— Saia e reúna três homens de sua confiança. Vocês vão viajar na companhia dessa senhorita.
Casimiro saiu rapidamente.
— Colocarei à sua disposição um verdadeiro séquito, senhorita Garmendia — continuou o comandante —, se é que é esse mesmo o seu nome, pois já fui um cavalheiro. Pode não parecer, mas frequentei a escola de armas e fui educado por preceptores. O alferes Benato é o mais educado dos meus homens. Vai acompanhá-la à presença do general Osório, nosso comandante em chefe, que está nas avançadas do Tuiuti. Ele decidirá o que fazer com a senhorita.
— *Señor capitán*, mandar-me ao interior é enviar-me para *la muerte*!

— O que pretende? Uma passagem de primeira classe no vapor? Senhorita, as informações que guarda estão fora da minha alçada. O alto-comando aliado decidirá o que fazer. Tenho dito.
— *Mi suerte* está em *sus manos*.
— Vocês partirão ainda hoje. A noite é de lua cheia, estará iluminada. A viagem não há de ser feita às cegas.
Casimiro entrou em seguida.
— Com licença...
— Entra duma vez, homem! Estamos em guerra, não precisa de rapapés! Quem escolheu?
— Anzol, Orlando e Tobias, senhor.
O capitão sorriu com os dentes ruins.
— Vai viajar em excelente companhia, senhorita. E vocês, cavalgaduras — rosnou, dirigindo-se aos soldados —, vão para as avançadas antes da hora!

12

Iam em marcha lenta. Até Tuiuti seriam pelo menos dois dias de caminhada num pântano cheio de bichos peçonhentos, e a mulher os atrasava. Casimiro pensou em improvisar uma liteira com pedaços de pau e uma lona de barraca, mas fora desaconselhado. De fato, sobrecarregar os homens com o peso de uma paraguaia? Seria a chave para as portas de um motim!

Um ruído sobressaltou a todos, seguido de um farfalhar de galhos partidos. Decerto uma das bestas que povoam este lugar, pensou Casimiro. Serpentes, lagartos, sapos horrendos... Mas o pior eram os mosquitos, com suas picadas insuportáveis. A Mãe Natureza odiava mesmo seus filhos, pensava Casimiro, pisando o terreno lodoso, coçando-se feito um cachorro. O mapa que carregava de nada adiantava. Era como se tivesse sido baseado na geografia de um país inventado.

Acamparam à sombra de um barranco. Árvores não havia, o sol era de tisnar um nativo. Francisca tentava se refrescar com um leque improvisado que Anzol fizera com folhas. Era de ver o desvelo com que o velho cabo tratava a prisioneira! Ela, ao contrário, tinha medo dele. Aceitava os seus rapapés canhestros, mas era reservadíssima.

— Assim está bem, senhorita? — Anzol queria saber, enlevado. — Malditos mosquitos! Picam como cobras!

— Com mais dois dias de marcha chegamos às avançadas, onde o general Osório nos espera — disse Casimiro. Um estafeta fora enviado na frente deles.

Comeram a boia fria de campanha, um pedaço de carne-seca para cada um e um punhado de farinha-d'água. A melhor porção foi reservada à senhorita. Seguiram marcha, abrindo picada pelo mato fechado.

Adiante, entre dois ingazeiros baixotes, algo se mexia. Era um corpo decapitado, dependurado pelos braços. Assustada, dona Francisca recuou, apoiando-se num arbusto crescido. Seu gesto afastou a galhada e descobriu algo que a fez gritar desesperada. A cabeça do morto estava fincada à meia altura numa estaca. Grossa camada de moscas enxameava ao redor, larvas serpenteavam na pele escalavrada.

— Cuidado, senhorita! — gritou Casimiro, obrigando-a a abaixar-se, protegendo-a com seu corpo.

Os três homens ergueram as armas. Anzol segurava seu revólver engatilhado.

— Não há mais ninguém aqui, alferes! Já se foram.

Dona Francisca soluçava, sentara-se no chão.

— Selvagens — disse Casimiro, com raiva. — Era um dos nossos.

— Era o estafeta que levava a mensagem ao general — disse Orlando.

— Como sabes?

— Olha a farda.

Apontou o cadáver. De fato, haviam-no pilhado, mas deixaram as divisas para que ele fosse reconhecido.

— Isso é obra dos paraguaios — observou Orlando. — É uma mensagem para que não sigamos adiante.

— Tarde demais. Os nossos já estão nas avançadas — disse Anzol.
— São na certa desertores ou soldados que perderam seu destacamento. Querem fazer crer que são muito mais do que são de fato. Olha como remexeram o mato ao redor. Na verdade, não passam de três.

— Como podes ter tanta certeza? — quis saber Casimiro.

— Pelas pegadas — disse Tobias.

— Se bateram em retirada, devem estar mortos de fome. A caça aqui é pouca — explicou Orlando. — O estafeta foi morto a faca, para poupar munição.

— Vamos abivacar aqui — decidiu Casimiro. — A noite está chegando, e eles têm a favor o elemento surpresa. — Mas antes vamos dar um enterro cristão a este infeliz.

Francisca cosia os rasgões do vestido. Viajava disfarçada de homem, para evitar olhares curiosos, mas tinha essa vestimenta feminina na bagagem, um presente do capitão Felinto.
— O Brasil é *tan* grande... De onde vem, *señor* alferes?
— De Salvador da Bahia, senhorita.
— *Usted* foi... voluntário?
— Sim... e não. Meu pai mandou-me para a guerra.
— É tão *joven* — disse ela.
— Já fiz 18 anos.
— O *señor*... Posso chamá-lo de tu? Temos quase *la misma edad*. Ou pelo menos eu gostaria de ter de novo os meus 20 *años*. *Tengo* 25.
— Verdade? Não parece! — Casimiro corou. — Perdão, quis dizer que a senhorita parece, que pareces... mais jovem.
— Fiz *años* quando estive na casa de La Bamba. Duas décadas e meia. Desde *los* 16 *años* sou perseguida por López.
— Lamento.
— Por causa de *mi* recusa, *mi padre* foi fuzilado. *Las tierras* de *mi* família foram confiscadas. Tudo que *teníamos* pertence ao governo agora. Até as joias de *mi madre*. *La pobrecita no* resistiu.
— A senhorita há de recuperar tudo o que perdeu.
— *Imposible*, Casimiro. Solano López levou tudo o que *teníamos*. E *no estoy* falando de nossas posses. Eu tinha dois *hermanos*, que foram lanceados. É a pena de morte que *el mariscal* mais gosta de aplicar, porque é lenta e dolorosa.
— O tirano há de pagar pelo que fez. A senhorita poderá voltar para casa.

— *No tengo más* casa, *señor* alferes. Fui vilipendiada, tratada como um animal. Agora qualquer toca me serve.

— Não digas isso. És uma dama!

— Nem sequer *tengo una* pátria. *Mi* Paraguai é o produto *de la imaginación* desenfreada de López — disse Francisca.

A estrangeira emocionou-se e tossiu de lado, para disfarçar. Casimiro admirou o seu perfil e mirou-a de alto a baixo em seus trajes de homem. Como disfarçar aqueles pulsos finos, as unhas que, mesmo longe de serem manicuradas, eram firmes e arredondadas? Fora o queixo altivo de fidalga. Mesmo que tivesse conseguido mascarar tudo isso, havia os olhos. Impossível cobri-los ou disfarçá-los. Eram pretos, profundos. Sorriam mesmo quando ela estava de boca fechada. E sempre falava baixo.

— *Los* mapas de que dispomos são todos mentirosos, *hechos* para enganar *los* aliados. *También* nosso último censo foi falsificado — ajuntou, tirando Casimiro de seu devaneio.

A Casimiro isso era inacreditável.

— *Los* governos *mienten*, Casimiro — explicou a intrigante criatura. — Como achas, *mi* amigo, que *tus* jornais calculam o nosso efetivo em 400 mil *hombres*? Nossa população tem pouco mais de meio milhão de habitantes... Só *tendremos* tal exército se López colocar *los muertos* para lutar...

— Senhorita, não se aflija mais. A guerra está perto do fim. Lá se vão mais de dois anos de campanha.

— Casimiro... *Perdón*, mas insisto em chamá-lo assim, pelo nome de batismo. Como se chama *la señora su madre*?

— Dona Amorosina.

— *Tiene* amor até no nome. Decerto ela reza por ti neste momento.

Casimiro tinha certeza que sim. No fundo de si, sabia que até mesmo o pai, apesar de todo o silêncio, orava por ele. Quando se despediram, na fazenda, pois não o havia levado ao porto de Salvador, o pai murmurara um pedido de desculpas. Casimiro pensou que era porque o enviava para a guerra, mas não. Era por ser quem era e por ter ajudado a trazer à luz um ente como ele. "Agora és um homem!", dissera. Casimiro tinha dúvidas: teria o direito de chamar-se assim?

O breu da noite encerrava os cinco viajantes como o interior de uma caverna. Estavam perto demais das avançadas, por isso não podiam acender o lume, ou revelariam sua posição.

O esturro de uma onça cortou o silêncio. Instintivamente, dona Francisca buscou o braço de Casimiro.

— Se tivéssemos fogo, as feras ficariam longe — disse Anzol.

— E os paraguaios nos descobririam — ajuntou Orlando. — Melhor ficar no escuro.

— E virar comida de pintada! — gargalhou Anzol.

— O bicho homem é sempre mais feroz — grunhiu Tobias, contrariando seu eterno mutismo.

Casimiro e Francisca só escutavam.

— Um dia, perto do estreito de Noronha — continuou Anzol —, vi uma praia coalhada de tartarugas mortas. Eram pra mais de cem! Iam lá procriar, as bichinhas. Tinham o casco rasgado de lado a lado, a carne toda lanhada, mas não devorada. Sabe por quê? Porque a onça velha ensina as crias a matar. E não é pra comer, não! É só pra matar, mesmo. Quem diz que onça, suçuarana e raposa só caçam pra comer é mentira. Elas matam tudo o que se mexe. Que nem o homem. Na natureza, bicho é tudo igual.

A opinião de Anzol chocou todos. Casimiro tinha uma visão romântica da natureza selvagem. Fora intoxicado por literatura. Objetou. Anzol respondeu zombeteiro. A discussão ia longe, não fosse o novo esturro que reverberou pelo silêncio.

— Está caçando. Deve estar faminta — supôs Orlando.

— *Señor* alferes — disse dona Francisca.

— Não precisa ter medo, senhorita — acalmou Anzol. — Se ela ousar se aproximar, passamos fogo na diaba!

— *No* é isso. *Señor* alferes, eu preciso lhe falar — dona Francisca insistiu.

Casimiro entendeu que ela tinha necessidades. Levantou-se, pegou a Minié e levou-a dez metros adiante, mato adentro. Usou a espingarda como um cajado para afastar os galhos, perscrutar o terreno e afugentar qualquer bicho. Depois, virou-se discretamente de costas. Nunca se sentiu tão envergonhado. Em sua casa era Conceiça quem esvaziava as latrinas da mãe. Jamais se vira numa situação daquelas!

— *Señor* alferes — chamou dona Francisca baixinho. — *Señor* alferes...

Estava imerso nas lembranças de casa. Dona Francisca precisou chamá-lo ainda uma vez, e sua voz tinha um toque de urgência. Quando se virou, deparou com uma enorme onça-preta, cujo negrume da pele se confundia com a noite. Os dentes amarelados brilhavam, emoldurados pela beiçaria escarlate. Dona Francisca, de cócoras, sem ousar se mexer, olhava aterrada. A fera estudava-a intrigada. Seria uma presa?

Casimiro sabia que tinha pouco tempo. Ergueu a Minié rapidamente em direção ao animal e apertou o gatilho. A arma engripou. A onça, desconfiada com o movimento da arma, encarou-o, hesitante. Em seguida, aproximou-se do moço bem devagar, as espáduas musculosas apontando no veludo da pelagem. As patas grandes não faziam o menor ruído. Ela farejou Casimiro, que lentamente havia tirado o punhal da cintura.

Esquecida de sua presa, dona Francisca, a fera iniciou uma ronda de reconhecimento ao redor de Casimiro. A mulher chorava baixinho. De súbito, começou a ventar. Em seguida, tudo ficou quieto. A luz prateada da lua envolveu todos num halo perturbador. Casimiro e a pantera se encaravam. A fera eriçou-se toda, apoiou-se nas patas traseiras e saltou sobre ele. Dona Francisca, apavorada, desmaiou.

Não pôde ver que Casimiro e a onça rolaram pelo chão, engalfinhados, e despencaram em um barranco.

— Que zoada foi essa? — sobressaltou-se Anzol.
— Será onça? — perguntou-se Orlando.
— O alferes ainda não voltou com a moça — disse Anzol, tenso.
— Vamos lá!

Pegaram as armas e enfiaram-se mata adentro. A lua cheia deixava a noite clara como o dia.

— Maldito seja o inferno — disse Tobias, apontando para o baixio da ribanceira, o olhar assustado como quem se vê perdido.

Lá embaixo, eram duas as feras. Estudavam-se. O felino esturrava baixinho, faminto, esperando a hora de atacar, os olhos vermelhos. O outro mostrava dentes enormes, brancos, e olhos vazios, desalmados. Parecia não ter vida dentro de si, só fúria. Semelhava um cão crescido de pelo eriçado. Os dois se engalfinharam novamente, mordendo-se, unhando um ao outro na tentativa de afastar as garras mortais. O felino foi subjugado. Os dentes da segunda fera cravaram-se em seus flancos, rasgando músculos capazes de deter um boi, até alcançar o sangue vivo nas veias intumescidas, que jorrou em cascata. A fera então uivou, acobreada pela luz da lua.

Os três homens correram desabalados, empurrando uns aos outros.
— Era o capiroto — berrava Anzol. — O coisa-ruim!
— A paraguaia! — lembrou Tobias, detendo-se.

Encontraram dona Francisca desmaiada, descomposta. Anzol bateu-lhe no rosto com a ponta dos dedos, reanimando-a.

— Senhorita, acorde! Onde está Casimiro?

O olhar vidrado da mulher fixou-se atrás dele.

O pesadelo estava a meia dúzia de passos.

A fera, sem fazer barulho, encarava-os, virando a cara como um cão. Parecia intrigada. Tinha o pelo eriçado, que refletia, úmido e viscoso, o clarão da noite. Era algo espectral, que os deixou aterrados.

— Jesus, Maria, José — balbuciou Orlando, esquecido de sua arma.

A seu lado, Tobias baixou a espingarda. Sabia que era inútil.

Aqueles homens, experimentados em muitas batalhas, que conheciam a paz apenas de lembrança, que viam na guerra um meio de subsistência, na matança um modo de vida, tiveram medo.

A fera urrou. O ruído que vinha daquelas presas escancaradas era inominável. Era como se o mal à solta na carnificina da guerra tivesse gerado um rebento, nascido em meio ao sangue, aos gritos de dor dos feridos e à lama dos combates. Num breve instante, entreviram suas piores lembranças, as crianças mortas, os velhos sacrificados. Aquela besta havia sido expelida de dentro deles mesmos, de um abismo onde o remorso e o ódio se revolviam, do fundo da noite que ensombrecia a terra. A besta fora arrancada à sua alma.

A fera urrou de novo, atroando a noite, e num instante desapareceu entre as ramagens.

— Minha Nossa Senhora — balbuciou Anzol. — O que foi aquilo?

— Uma cria do inferno... — gemeu Orlando, tentando esconder a mancha úmida entre suas pernas. Tinha molhado as calças de medo.

Quando chegaram à clareira onde haviam acampado, Casimiro os esperava, nu, com o torso lanhado. Dona Francisca, mesmo envergonhada, apressou-se em ampará-lo. Anzol e Orlando a ajudaram.

— O que aconteceu? — gemeu Casimiro. Sentia calafrios que sacudiam todo o seu corpo. Tobias deu a ele o seu capote, que Francisca correu a abotoar.

— Uma besta-fera, Casimiro — explicou Anzol —, uma criatura do inferno que veio pra nos levar embora. Estamos mortos, menino! Quede as tuas roupas, rapaz?!

— Aquela fera não veio do inferno coisa nenhuma — disse Tobias.

— Veio de onde então? — quis saber Anzol, impressionado com o tom de voz do amigo.

— De dentro de um homem como nós — continuou Tobias —, sem tirar os olhos de Casimiro.

— Como, se era um monstro? — observou Anzol, tremendo. — Parecia um lobo... Mas caminhava ereto!

— Era um homem, mas um homem possuído — continuou Tobias, loquaz como nunca. — Pelo espírito de uma besta...

— Era uma assombração — gemeu Orlando. — Uma cria do inferno...

— Um *hombre* fera... — disse Francisca, aturdida. — Um *hombre* lobo...

— Que diabo é isso? Não diga o nome do cramunhão, senhorita, que ele aparece! — rogou Anzol. — Casimiro, por que estás nu, homem?

Casimiro continuou mudo. Foi Tobias quem respondeu por ele.

— Deixa o moço em paz, Anzol.

— Ele tem *fiebre*, está pelando! — exclamou Francisca.

— E por isso está sem roupa? Mas viste a criatura, Casimiro? — insistiu Anzol. — Era meio homem, meio bicho! E destroçou a pantera como se ela fosse um passarinho! — Ele beijou os dedos em cruz.

Tobias sacudiu a cabeça.

— Chega, Anzol! Homem ou fera, já matou e está satisfeito. A coisa não retorna.

Ninguém jamais ouvira Tobias tagarelar tanto. Não ousaram falar mais nada. Casimiro, com frio, mesmo ao contato dos braços nus e quentes de dona Francisca, estremeceu de novo. Não acordaria jamais daquele pesadelo? Tobias não tirava os olhos dele, e seu olhar incomodava como agulhadas em sua alma. Do fundo de sua consciência, Casimiro entendeu que, para ele, a guerra jamais terminaria.

— Achas que o alferes é mesmo um... coisa-ruim? — perguntou Anzol, amedrontado.

— Acho que mulher dá azar — resmungou Orlando. — Inda mais se estiver naqueles dias.

— Não foi isso que eu perguntei — falou Anzol. — Quero saber se tu achas que o Casimiro está... possuído. Eu nunca vi nada assim...

Ele estava nu como veio ao mundo, todo marcado! E foi o único que não viu a criatura!

Juntando gravetos para uma fogueira, pois já não receava mais atrair o inimigo depois do que tinha visto, Tobias os interrompeu.

— Chega, já falei! Ninguém jamais vai saber disso — recomendou. — O moço é doente. Padece de um mal que não tem cura.

— Não é melhor matar o coitado então? — falou Orlando.

Tobias interrompeu o que fazia. Olhou com recriminação para o companheiro.

— Por que me olhas assim? É um ato de misericórdia — justificou-se Orlando. — Isso é uma maldição, o infeliz está condenado!

— Até onde eu sei, a criatura matou a onça que estava para dar cabo da prisioneira que estava sob nossa guarda — falou Tobias. — E não fez mal a nenhum de nós.

Os dois tiveram de concordar.

— Melhor não se meter com o que não se conhece — continuou o velho. — Mas se tu quiseres matar a besta, pode tentar — ajuntou, soprando as brasas para avivar o fogo.

Anzol não respondeu.

— Foi o que eu imaginei — disse Tobias. — Não se pode matar o que não nasceu de mulher.

Casimiro sentia-se um leproso. Os companheiros o evitavam. A camaradagem transformara-se em medo, e ele sabia que o medo é perigoso. Francisca pensou suas feridas com ervas e verificou, surpresa, que no dia seguinte só havia sinal delas, como cicatrizes antigas. O moço sabia que carregava um estigma, como as marcas lancetadas na pele de Tobias. Entendia agora a decisão do pai em mandá-lo para a guerra. Ele era um monstro.

Era tratado como um doente por Francisca. Pondo a toda hora a mão em sua testa, enxugando o suor de seu rosto, ela se afligia. Ele esquivava-se, mas ela insistia: falava em sua mãe, queria saber de seus irmãos, de seu pai. Casimiro intuía que ela tentava transportá-lo para os problemas deste mundo, como se temesse que ele os esquecesse. "*Tiene* que se aferrar a *tu* família", ela dizia, "ao amor de *tu madre*." O alferes via receio em seu olhar, não apenas por si, mas pelos perigos que ele corria. E a admirou por esses sentimentos.

Ela o temia, e isso era compreensível. Como a pele rompida podia sarar tão rápido? As ausências, os lapsos de memória pareciam a Francisca os sintomas da doença que o acometera. Afinal, tratava-se de maldição? Toda doença não seria uma maldição? Solano López mandava eliminar os doentes do mal de lázaro. Destruía os sintomas, mas não a causa. Os miasmas da doença continuavam lá, e mais e mais pessoas eram infectadas. O mal de Casimiro seria transmissível, como a tuberculose, o cólera-morbo? Francisca evitava pensar nisso. Ela jamais faria isso, igualar-se ao ditador. Não sacrificaria Casimiro. O sentimento que alimentava pelo moço, e que crescia cada vez mais, era outro, bem outro. Em meio ao ódio da guerra, surpreendia-se amando.

Por isso ela ficou ao lado do jovem alferes enquanto seus companheiros o evitavam. Não o convidavam mais a sentar-se com eles. Anzol contrariava seu jeito de ser. Não troçava mais, apenas o olhava, sempre com a mão na cintura, preparado para sacar a arma. Orlando não desgrudava de sua arma equipada com estiletes, e via Tobias, que voltara ao seu eterno mutismo, rezando a deuses que não conhecia.

Sentada ao pé de uma árvore, Francisca desembaraçava os cabelos. Disfarçava habilmente a brecha que revelava seu couro cabeludo trançando uma mecha à volta.

— Aquele *ratón* quase me matou de susto — ela disse, sorrindo.
— Quanto tempo a senhorita ficou presa naquele porão?
— Mais que *me gustaría* de lembrar.

Casimiro evitava olhar para ela. Sentia-se pouco à vontade diante da paraguaia. E agora que ela o vira nu e desesperado mal podia encará-la.

— Posso lhe fazer *una pregunta?* — começou ela.

— Sim. — Ele mirava a ponta rombuda dos sapatos, tão rotos que envergonhariam um mendigo.

— *Usted* já havia se sentido... — hesitou. — Daquela forma?

Ele ergueu os olhos subitamente, encontrando os dela. Não queria falar naquilo, mas sentia que podia confiar nela. Os olhos dos dois finalmente se encontraram.

— Sim. E não. Porque não me lembro do que ocorre. É como uma doença, que me desnorteia — explicou. — É como se eu morresse, mas sem o conforto do descanso. E renascesse muito mais velho.

Ela enxugou rapidamente uma lágrima, o que o deixou surpreso. Aquela mulher, que não lamentava a sina de perseguida e torturada, emocionava-se por ele! Pela primeira vez, Casimiro sentiu-se livre para falar o que o engasgava.

— Meu pai enviou-me para cá e não responde às minhas cartas. Não me disse nada além de um conselho que era mais uma admoestação: "Seja homem".

— *Los padres* muitas vezes erram quando acham que *hacen lo mejor*.

— Talvez eu tenha sido o maior erro dele — ajuntou Casimiro, tristemente.

A mão de Francisca alcançou a sua. Havia terra e sujeira embaixo das unhas dela; as dele curvavam-se como garras. Casimiro recolheu o braço.

— *No tiene* nada do que se envergonhar, Casimiro. *És el hombre* que *su padre* queria.

— Tenho medo... Medo de machucar quem eu amo...

Os olhos dos dois se reencontraram. Ele sentia o coração bater como o de uma rolinha que um dia alvejara com a atiradeira.

— Fico fora de mim...

Sem falar mais, ela o beijou. Para Casimiro, foi uma surpresa, a sensação de ter encerrado o tempo na polpa de uma pitomba madura. Ela sabia a cravo.

Um ruído sobressaltou-os; num átimo estavam a um metro um do outro! Era Anzol, que trazia o boné cheio de pequenas frutas vermelhas.

— Olha o que eu achei! Talvez tenham veneno, mas o que não mata engorda!

No dia seguinte ao ataque da fera, os quatro homens e a mulher, que não quis ficar sozinha, foram ao barranco onde a besta aparecera.

Lá embaixo, numa clareira aberta pela luta, jazia o corpo da pantera. As mutilações eram surpreendentes. A esplêndida pelagem negra, rasgada de fora a fora, expunha vísceras e ossos partidos. Que presas teriam penetrado tão fundo na carne? As moscas já enxameavam ao redor.

— Era um macho. Nunca vi tão grande — disse Anzol.

— Encontrou besta mais forte — observou Orlando.

Casimiro e dona Francisca só queriam sair dali. A mulher continuava apavorada. Casimiro experimentava sentimentos convulsos, como se a fera morta lhe fosse familiar. Apalpava seus próprios ferimentos, sentindo-os latejar. Ainda que não se lembrasse, sabia o que os causara.

Com uma faca, Anzol extraiu os caninos e as garras do felino morto.

— Para evitar assombração.

Depois de dois dias de marcha, chegaram às avançadas.

Por pouco não foram fuzilados pelo fogo amigo das sentinelas, que não os esperaram responder ao pedido de identificação. A fuzilaria quase os alcançou, não fosse a vegetação cerrada e desigual das margens do rio. Tiveram de se enfiar na lama para evitar os tiros.

— Malditos! Somos brasileiros! — gritou Anzol.

Ouviram vozes em castelhano.

— Argentinos desgraçados — vociferou Orlando. Ergueu sua carabina, mas Casimiro impediu que ele atirasse de volta.

— Estás doido? Vão nos fuzilar sem piedade!

Anzol assentiu, brandindo uma improvisada bandeira branca, mais encardida que as barbas do dono.

Em poucos instantes, estava diante de um tenente, que os mandou a um capitão mal-humorado. Por fim, foram aconselhados a esperar. O general Osório, comandante em chefe das Forças Armadas do Brasil, os receberia somente na manhã do dia seguinte.

Pela manhã, o encontro foi novamente adiado. Eles acamparam ao relento, à espera do chamado do comandante.

Houve novas noites de lua. A natureza agia estranhamente. Souberam que, no litoral, as marés agitavam-se sem razão, e havia eclipses constantes. A órbita das coisas estava fora de prumo. Comandantes em seus bivaques, a léguas de distância, enviaram estafetas com estranhas mensagens. Uma delas pedia um padre, pois uma criatura que não era deste mundo fora vista sangrando um cavalo.

Casimiro soube que Anzol estava à procura de peças de prata. Queria com elas municiar um velho bacamarte que negociara com um mascate. No afã de proteger-se, esqueceu até mesmo seu amado Colt.

— Um bacamarte, forjar balas de prata? Isso não passa de superstição, Anzol, posso te assegurar. Ademais, ao contrário da tua arma, esse trabuco só tem um disparo — lembrou Tobias. — Se errar, não terás outra chance.

Amedrontado, Anzol tratou de deixar a velharia de lado. Mas providenciou um crucifixo de prata, que roubou de um padre, e o costurou à camisa ao lado de um bentinho e de uma figa.

De novo Casimiro ardeu em febre. Dona Francisca limitou-se a pensar suas novas feridas com um unguento receitado por Orlando, feito de ervas e raízes, além da pele de um sapo que esfolara. Aquela panaceia, que deveria tê-lo matado de vez, estranhamente salvou-lhe a vida, cicatrizando suas feridas. Orlando gabou-se de seus conhecimentos, dizendo que aprendera a receita com um xamã da cordilheira. Anzol assentia, confiando no conhecimento do amigo.

— Nada ensina mais do que as viagens, senhorita... — ajuntava, muito grave.

O que nem um nem outro sabiam é que dona Francisca, assustada com aquela receita bizarra, deitara fora a mistura. Casimiro ficara bom por si só — o que era ainda mais surpreendente. Só Francisca não se surpreendia. Não podia passar sem Casimiro, que a continuava evitando.

— Por que ages *así, señor* alferes? — Ela reuniu coragem para perguntar um dia.

— Porque não sou digno de sua companhia, senhorita.

— Isso não é *usted* quem decide.

Casimiro torturava-se. Sentia-se tão atraído por Francisca quanto o homem que se tornara podia ser atraído por uma mulher. Mas não podia render-se a um sentimento humano como o que o acometia. Tentava tornar racional o único sentimento que não tinha explicação, o amor. Estava fadado ao fracasso, e sentia isso em todo o seu ser, como se estivesse prestes a mergulhar num abismo sem fim, a sua alma.

Tobias, a quem nada escapava, dirigiu-se a Francisca numa manhã chuvosa.
— Senhorita, posso lhe falar?
— Decerto que *sí, señor* Tobias...
— Sei que jogou fora a beberagem do Orlando...
Francisca corou.
— Fez bem, se me permite a observação. Pele de sapo é venenosa, e ele estava bêbedo feito um gambá quando preparou a mistura.
Ela sorriu.
— Espero que o *señor* guarde *mi* segredo...
— É de outro segredo que quero falar, senhorita. O do alferes.
Francisca evitou o olhar agudo do velho soldado.
— *No* deveria falar com ele próprio?
— Ele jamais falaria disso. Do mesmo modo que jamais a magoaria. Esse moço está fadado a ficar sozinho. E a senhorita deve respeitar isso.
Querendo encerrar o assunto, Francisca sacou agulha e linha do bolso do vestido.
— Preciso coser isso — desconversou. — Essa natureza é *salvaje*...
— Deixe que o nosso alferes siga o seu caminho. Sozinho.
— O *señor* é deveras loquaz. E eu que achava que era mudo...
— Falo quando é necessário.
Tobias se levantou com um gemido. Suas juntas já não eram as mesmas da juventude.
— Senhorita...
Francisca ergueu os olhos sofridos.
— Não se ressuscita um morto — disse o velho soldado.

A meu pai, o excelentíssimo comendador Benato Neves

Pai, por que não me contaste a verdade? Que eu aprenda a viver com minha sina, que eu não faça amigos. Estou indo bem, abandonei Obá, abandonei Antônio e meus antigos camaradas... Preciso aprender a viver só... Que fatalidade, meu pai... Que eu não ame essa mulher...

Teu filho,
Casimiro, alferes Benato, 7º Batalhão de Infantaria

Os cachos de Casimiro enrolavam-se uns aos outros, como pequenas cobras sobre o tecido grosseiro de sua jaqueta, que ele havia enrolado como um travesseiro.

Francisca o observava. Ao contrário do que parecia, ele não estava dormindo. Mas continuou de olhos fechados, ardendo em febre. Ela cobriu-o com seu xale esburacado. Ele tremia. Francisca tentou aquecê-lo, colocando a palma de sua mão no rosto dele.

Tocou sua face e o beijou.

Ele entreabriu os olhos.

— Francisca.

— Casimiro.

A moça deitou-se ao lado dele; sua pele era quente, mas não febril. Era morna, como o adormecer ao sol; era diferente de tudo o que o alferes já experimentara.

— Estou sonhando?

— *No* — ela respondeu —, eu é que estou.

E ela continuou beijando-o, fazendo-o se perder em si mesmo, esquecendo-se de quem era.

Afinal, sete dias depois, estavam diante de Osório, o legendário. Era um homem entrado nos 60 anos, ainda forte, mas cansado. Os olhos, mais vivos que o rosto mortiço, enrugado pelo sol das muitas campanhas, eram inquietos, perscrutavam o rosto dos três soldados e da mulher que os acompanhava. Estava comovido com a beleza da paraguaia, que, mesmo abatida pela longa marcha, continuava bonita. Impressionava.

— Como anda o capitão Felinto, aquele arruaceiro?

Casimiro ficou surpreso pela camaradagem com que o general se referia ao borracho capitão de seu regimento.

— Tive a honra de servir ao lado dele quando ainda ficava sóbrio — continuou o general, num sorriso. — Excelente soldado, mas insubordinado.

O tom de sua voz era de camaradagem. Casimiro lembrou-se do capitão Hermes da Fonseca. Na guerra, muitos oficiais, e soldados também, eram admirados pela rebeldia. Seria assim na paz? Não conhecera esta dama tão honrada, a paz, irmã da guerra, a debochada. Sob ela, teria o Exército outra cara? Mais civilizada? O que Casimiro via era sempre confusão. Onde estaria a famosa ordem militar?

— Continua bêbedo feito um gambá ladrão — disse Anzol. — E também cheira como um — gargalhou.

Casimiro alarmou-se, mas a risada do cabo foi secundada por um largo sorriso do general.

— Tenho boas lembranças daquele praça. — E voltando-se à dona Francisca. — A senhorita foi respeitada?
— Sí, señor general. *Sus* soldados me salvaram *de la muerte*. Enfrentamos horrores inomináveis, e eles se portaram como bravos.
O general assentiu satisfeito. Orlando e Anzol respiraram aliviados por ela não ter revelado que eles sempre tentavam espiá-la ao banho, apesar das admoestações de Casimiro.
— E o senhor, alferes? — quis saber o velho militar.
— Fui incumbido de trazer dona Francisca Garmendia à sua presença, excelentíssimo senhor general. — Não sabia se devia referir-se a ela como prisioneira.
— Este velho soldado dispensa o tratamento da caserna, alferes. Ainda mais porque estou em retirada. Volto para o nosso país.
— Se me permite a pergunta, quem ficará no comando, senhor? — quis saber Casimiro.
— Decerto algum político metido a sebo — observou Anzol.
Casimiro fuzilou-o com o olhar.
— O general **Polidoro** assumirá o comando — revelou Osório.
— Terei a honra de ser sucedido por ele.

Casimiro e os outros agora tinham noção do tamanho do acampamento onde se abrigavam as tropas aliadas. O lugar fervilhava. A fumaça do rancho dos soldados era visível a léguas. Vivandeiras iam e vinham, a cuidar de doentes e feridos, a cozinhar para os soldados, tentando manter as alimárias longe das barracas frágeis, que um simples encontrão podia derrubar.

Tinha vida aquele bivaque! Lembrava uma cidade com comércio, vielas, ruas inteiras salpicadas dos mais variados tipos. Os estandartes dos batalhões, variegados e coloridos, contrapunham-se aos caminhos barrentos e à lona uniforme das barracas.

Adiante se adivinhava o inimigo, do outro lado da mata. De

imediato havia o terreno movediço dos banhados e grandes areais cobertos de barbas-de-bode. Para além era floresta fechada, com veredas estreitas, picadas abertas a facão.

O barracão de Osório ficava no centro do acampamento, onde ele mandara colocar lençóis limpos e improvisar acomodações para a senhorita.

Logo depois da apresentação a Osório, Casimiro vira entrar em seus domínios os generais Flores, do Uruguai, e o famoso **Mitre**, da Argentina, comandante em chefe dos aliados. Era um homem magro, sério, que, a despeito de seus ares fidalgos, impunha confiança.

Osório mandara Casimiro servir de pajem à paraguaia. Anzol, Tobias e Orlando deram risada, escarneceram, mas depressa esqueceram-se dele, porque avistaram uma vivandeira que carregava dois odres de aguardente. Anzol propôs trocá-los por um colarzinho de prata que havia negociado anteriormente. A mulher mordeu o metal, farejou-o e, conferindo sua veracidade, deu a bebida a eles de bom grado. Logo estavam bêbados.

Ao anoitecer do dia 23 de maio, as cornetas soaram. Depois do toque de silêncio, todos os batalhões entraram em formação. Na azáfama, Casimiro perdeu-se dos camaradas e, deslocado, procurou posicionar-se ao lado de um batalhão de paulistas, o 7º de Voluntários. Uma voz forte iniciou a oração dos soldados.

Oh, Virgem da Conceição, Maria Imaculada, vós sois a advogada dos pecadores, e a todos enchei de graça com a vossa feliz grandeza. Vós sois dos céus princesa, e do Espírito Santo esposa. Maria, mãe de graça, mãe de misericórdia, livrai-nos dos inimigos e protegei-nos à hora da morte. Amém.

Alguém assoou com força. Era Anzol, apoiado tropegamente em Orlando, que chorava copiosamente, a voz engrolada pelo álcool, numa emoção de bêbado. Casimiro quase morreu de vergonha. Alguém tocou seu braço. Era Tobias.

— Alferes, se eu for alvejado, não deixa que me façam prisioneiro.
— O mesmo digo eu, Tobias.

No dia seguinte logo cedo, Casimiro, que dormira ao relento, foi despertado pelos gritos de um praça, que, diante de sua divisa, interrompeu a correria.

— Saiba vossa senhoria, sô alferes, que o mato está avermelhando de caboclos!

Casimiro, estremunhado, não percebeu de imediato o que se passava; o soldado seguiu adiante. Soaram então o toque de sentido e a chamada ligeira. Todos correram para suas posições. Casimiro entreviu um vulto pardo, seguido de outro, e mais outro. Eram os paraguaios.

Um batalhão da cavalaria inimiga, atolando na lama, avançava sobre Casimiro. Uma detonação quase o deixou surdo. Era Orlando ao seu lado, atirando com a clavina. A arma cuspia fogo, atingindo os paraguaios de flanco. Muitos caíam, mas eram logo secundados por outros, que eram recebidos a golpes de baioneta. Onde estavam as barracas do dia anterior? Haviam sido varridas pela contenda, mas Casimiro não sabia. Não entendia nada. Atirava atônito em tudo o que se movia. Os paraguaios tinham dificuldade em avançar. Muitos retrocediam, e eram golpeados a pranchadas por seus oficiais. A ordem era seguir adiante. Apesar da surpresa, a linha dos aliados era muito extensa.

O inimigo começou a perder terreno. A bandeira do 7º Batalhão tremulava. Foi então que Casimiro avistou o estandarte do Boi de Botas. Guiado pelo símbolo tão conhecido, abriu caminho entre dois cavalos amedrontados, um deles ainda levando preso ao estribo um soldado inimigo, que gritava de dor. Casimiro enfiou-lhe a espada entre as espáduas, o homem morreu com um grito.

Uma voz grossa se fez ouvir em meio ao estrondo do conflito.

— Casimiro, meu menino!

Era Obá, o querido amigo!

O negro pelejava contra três paraguaios e levava vantagem. Atrás dele, Antônio dava guarda a um alferes desconhecido que equilibrava o estandarte do seu batalhão, no qual tremeluzia o número 8. Ia valente, resoluto, quando vacilou, atingido entre as costelas por um tiro. Antes que caísse, Antônio segurou o estandarte e manteve-o no alto. Chico Diabo, que vinha atrás, distribuía golpes medonhos com sua carneadeira.

Entre Casimiro e seu velho batalhão havia uma fileira de soldados baixotes, de olhos puxados. Eram valentes os inimigos! A pele acobreada, ainda mais escura por causa da fuligem das detonações, deixava-os parecidos a demônios do inferno, que caíam aos golpes de Chico Diabo como feixes de erva.

O lamento dos feridos juntava-se às imprecações dos soldados ainda em condições de lutar. Casimiro sentiu uma queimação na perna e titubeou, mas foi amparado pela mão forte de Orlando. Na retaguarda, o gancho que substituía o braço de Anzol tinha tiras de pano do fardamento inimigo. O revólver, a cada detonação, cuspia faíscas pelo cano.

— Quem são esses valentes? — quis saber Obá.

— É o Treme-terra — gritou Orlando. — Abre caminho, bando de guaranis! — berrava, em meio à fúria dos homens.

— Pois aqui vai o 8º de Cavalaria! — gritou Obá. — A mim, camaradas!

Antônio e Chico Diabo se colocaram ao lado dele, perfilados à romana. Casimiro os alcançou. Sujo de fuligem, os cabelos emplastrados de sangue inimigo, Antônio conseguiu sorrir para ele. Os batalhões avançavam. Golpes abriam crânios e decepavam membros. Obá agora brandia armas a duas mãos. Na direita, tinha uma baioneta longa, afiada, que cortava o ar e membros; na esquerda, um punhal. A carneadeira de Chico Diabo fazia igual estrago. Antônio, mais frágil, cedeu ao golpe da haste da lança de um cavaleiro moreno, mas, antes que o inimigo desferisse o golpe fatal, Casimiro acertou-o com um tiro de uma carabina que encontrara caída. Depois, tentou soerguer o amigo.

— Deixa que eu me safo! — gritou Antônio, equilibrando a bandeira do batalhão aliado, que havia caído.

O pesado estandarte falseou. Orlando, prevendo sua queda, arrancou-o das mãos de Antônio. Ergueu-o no ar. A bandeira tremulava quando um tiro o alcançou nas costas. O sangue tingiu a farda grossa, escurecendo-a. Num último esforço, ele enfiou a haste da bandeira no cinturão de couro e tentou manter-se de pé, usando-a como prumo. Nova carga atingiu-o no peito. O orgulhoso soldado oscilou como uma palmeira, equilibrando-se a duras penas. Obá, Chico Diabo e Tobias formaram parelha ao lado dele, amparando-o. Casimiro e Antônio correram a sustentar o estandarte.

— Acabou, alferes — gemeu o veterano soldado.

Casimiro se desesperou.

— Não! Orlando!

— Eu morro, menino... Mas vou feliz. Tenho pena é de ti, meu rapaz... — Apertou a mão de Casimiro, ajuntando: — Me perdoa, menino, por ter tentado te envenenar...

Casimiro estremeceu. Seus próprios amigos confessavam o ódio por ele! Mas Orlando sorriu para ele um sorriso compadecido, e o rapaz não pôde deixar de pensar que até os moribundos tinham pena dele.

— Lutamos o bom combate! — disse Orlando, respirando pesadamente. — Tobias, meu velho, não me deixa aos urubus...

Fechou os olhos. Casimiro tentou amparar o corpo, mas já era um cadáver. Tobias puxou o moço de lado, a tempo de evitar uma lança atirada a esmo, e disparou. O agressor caiu. Casimiro recuou. Obá agora sustentava o estandarte. Uma carga pesada explodiu adiante, engolindo todos num mar de fuligem e terra.

Por um longo momento, o mundo parou. Um inexplicável silêncio circundou o campo de batalha. Ensurdecido, Casimiro viu Obá, sem largar o estandarte, pelejar contra um soldado baixote e barbado que o picava a faca repetidamente, negaceando como um galo de briga. A manzorra de Obá aparou um dos golpes. O imenso negro gritou de dor. A estocada havia alcançado o vão dos dedos e abrira uma brecha sangrenta na palma de sua mão, que ficara inutilizada. Louco de dor e fúria, Obá deixou cair o estandarte, agarrou o soldado pelo pescoço, ergueu-o e partiu a espinha do inimigo no joelho. O homem estrebuchou e caiu.

— O guarani destroçou minha mão, Casimiro!

Casimiro, que não podia escutar e só adivinhava o que estava sendo dito pelo movimento dos lábios do amigo, envolveu a mão dele em seu lenço de lã. Fora de si, Obá agarrou de novo o soldado inanimado.

— Me aleijaste, desgraçado! — gritou, sacudindo o cadáver pelos ombros magros.

Depois, interrompeu-se e recuou, perplexo. A barba desprendeu-se da cara do inimigo. Era postiça; o agressor não passava de um menino.

— Eu matei uma criança! — gritou horrorizado. — Matei um inocentezinho, Casimiro!

Obá continuou gritando. A audição de Casimiro voltava aos poucos. Atrás dele, percebeu um tropel.

Era Osório em seu cavalo de combate, em meio à refrega, sem medo nenhum. O velho soldado galopava, incentivando os vivos, enquanto o seu alazão branco, salpicado de sangue, empinava, pisoteando os mortos.

Os aliados, revitalizados pela figura intrépida de seu líder, redobraram esforços. O inimigo, acossado, recuou à floresta.

Quando soou o toque de cessar-fogo, o campo de batalha estava eivado de corpos. Os feridos estorciam-se em agonia. Mais tarde, os comandantes mandaram os praças mais novos pelo prado, a dar o golpe de misericórdia, com espada, aos soldados, inimigos ou não, que não tinham mais remédio.

Numa guerra não há vencedores. Casimiro entendeu isso ao enterrar Orlando com o auxílio de Obá, que, sem poder abandonar a lembrança do menino que matara, guardava um silêncio penoso. O esquife foi cavado na terra mole e saudado com tiros, uma justa homenagem ao homem que empunhara a bandeira do batalhão. Mas no instante seguinte ele já havia sido esquecido.

O resultado da batalha foi inglório. Vários pelotões foram desmantelados, outros acamparam no banhado, desfalcados. Entre eles, o Boi de Botas, que acolheu Casimiro, Anzol e Tobias.

Os aliados venceram.

A recompensa era o acampamento insalubre, a disenteria, a febre amarela e a mais temível das doenças, o cólera-morbo. Osório estava desanimado. Deu baixa e foi substituído pelo general Polidoro. Anzol voltou ao seu antigo batalhão, nas avançadas de Coruzu, onde grassava a peste e os soldados morriam aos tentos.

— Nunca caí em minha vida, nem de bala nem de doença. Vou atrás do meu capitão!

Foi aplaudido por essas palavras. A Casimiro quis falar em segredo:

— Lutamos o bom combate, alferes.

— Decerto que sim, Anzol.

Anzol estendeu a mão ossuda.

— Elisaltino Bezerra é a minha graça. E é com esse nome que eu quero ser lembrado. Promete não me assombrar jamais? E me poupar, caso depare comigo em noite de lua?

— Sim — disse Casimiro, sem saber o que dizer.

— Pois eu dou isto a você.

Era o crucifixo de prata roubado do padre. Ele colocou-o na mão de Casimiro e fechou-a.

— Não queima? — admirou-se. — Se não queima, é porque nem tudo está perdido! Reza, menino! Eu rezarei por vosmecê, ainda que minhas rezas não tenham nenhuma serventia! E toma isto aqui!

Eram as presas da onça que a criatura havia matado, que desde então Anzol jamais tirara do pescoço.

— Essas presas vão te livrar do mal porque era uma criatura de Deus!

E, tendo lambuzado as mãos de dona Francisca com beijos de bêbado, Anzol se foi, levando consigo seu Colt e o gancho engastado ao braço.

Tobias, que fora ferido por um golpe de baioneta, um dia chamou Casimiro para junto de si. Era uma tarde que morria melancolicamente. As sandálias de couro chapinhavam na lama, as costuras rebentando por causa da umidade.

Ao entrar no barracão que servia de enfermaria, Casimiro sentiu ímpetos de tapar o nariz. Conteve-se.

— Menino Casimiro.

— Tobias.

— A baioneta do paraguaio decerto era envenenada... Meu braço apodreceu, a bicheira se espalhou pelo corpo. — Ergueu o antebraço. A ferida exalava um cheiro nauseabundo. — Eu também parto, que nem o Anzol. Mas para outros caminhos... Vais precisar de coragem... Posso te chamar de tu, não posso?

— Decerto que sim.

— Maldita guerra que transforma crianças em homens...

— Não sou mais um menino, Tobias.

O velho soldado, sacudido por um acesso de tosse, ergueu o braço. A gaze da atadura desprendeu-se.

— Vês? Ontem o cirurgião quis cortar-me o braço. Eu não deixei; de aleijado basta o Anzol. Ademais, ele chegou tarde demais. Eu morro, Casimiro. Tu tens ainda uma bruta estrada a percorrer. Não maldiga a teu pai, honra a tua mãe, que decerto reza por ti neste momento.

Casimiro assentiu.

— Ninguém tem culpa, Casimiro. É a sina da gente.

Cerrou os olhos. Depois, um soluço, e estava morto.

Casimiro foi incorporado novamente ao 8º Batalhão, mais uma vez ao lado de Obá e Antônio. Eram chamados de "os três mosqueteiros", depois que o apelido foi mencionado por Francisca. A pecha pegou.

Polidoro, ao saber que dona Francisca fora a preferida de Solano López, dera-lhe ordem de prisão. De nada adiantara avisar ao general que sua cabeça estava a prêmio. A paraguaia seria vigiada até o fim da campanha. Teria as regalias de uma prisioneira política, mas era uma presa de guerra. A "prisão" consistia num cárcere privado, forrado de peles de vaca e um acolchoado campineiro, cedido pelo próprio comandante, que não concebia uma mulher como aquela dormindo em catre duro.

Um carcereiro foi nomeado para a prisioneira. Era um camarada mestiço, que ria escandalosamente. A soldadesca, desconfiada dele, isolava-o, porque seus modos festivos incomodavam. Empoava-se com carmim e sua maior ocupação era forrar almofadas com palha seca para que a senhorita repousasse com algum conforto. Chamava-se Custódio e era desdentado como um bebê, pois tivera os dentes arrancados a coronhada, dizia-se que por um cabo ofendido em sua honra. Ao destacá-lo para vigiar a prisioneira, Polidoro livrou-se de um estorvo. Custódio fora ordenança do general Couto de Magalhães no Mato Grosso. Tinha sido capturado, diziam, mas conseguira fugir. Muitos lhe tinham desprezo, Chico Diabo cuspia-lhe na cara se deparava com ele. Antônio lhe tinha horror. Até Obá tinha suas reservas para com ele. Para Casimiro, era apenas mais um homem da guerra. Quem era para condenar alguém se, em sua visão, era um perdido ele mesmo?

— Arre que ainda criamos raiz aqui — resmungou Chico Diabo, piscando os olhos à luz mortiça do entardecer.
— Semanas, meses sem nada a fazer — concordou Obá.
— Só o alferes se diverte! — zombou Chico Diabo.
Todos riram, à exceção de Antônio, que andava quieto desde que a paraguaia fora assentada no acampamento.
— A paraguaia é a dona do coração dele — disse o rapaz melancolicamente, enquanto tirava películas dos lábios.
— Quisera eu ter uma dama a meu lado nesta peleja — suspirou Chico Diabo. — A última que tive nos meus braços tinha quatro patas e zurrava!
Os homens torceram-se de rir. Menos Obá, que, desde a morte do menino soldado, andava calado e sombrio.
— Isso não acaba bem — observou Chico Diabo. — Obá parece um preto com banzo. Já vi escravos comerem palma envenenada.
— Ele se culpa pela morte do menino — disse Antônio. — Desde que partiu o espinhaço do paraguaiozinho, Obá se entristeceu.
— Não foi o primeiro piá morto nem será o último — disse Chico Diabo. — O ditador arma crianças e mulheres contra nós. Por mim, tudo bem. Mato todos.
— Olha quem vem lá! — apontou Antônio, querendo mudar de assunto.
Custódio vinha pela alameda, como chamavam o espaço entre as barracas, cuidando para não pisar nas poças de lama. Atrás dele, vinha Francisca, arrebanhando a barra do vestido.
— Ui, ui, ui, a teteia! — casquinou Chico Diabo.
Custódio pôs-se imediatamente alerta, como a presa acossada pela onça.

— Deixa o homem — aconselhou Obá, despertando de seu torpor.
— Ele está com a senhorita.
— Isso lá é homem?! — vociferou o Diabo. — É um invertido!

E, tragando catarro do fundo das entranhas, deu uma cusparada que foi alcançar o pobre Custódio nas costas. O coitado limitou-se a apertar o passo, mas Francisca, indignada, foi até Chico Diabo.

Os homens imediatamente se levantaram.

— Senhorita — disse Obá, respeitoso.

Ela respondeu com uma leve mesura e em seguida voltou-se para Chico Diabo.

— *Usted* deveria *tener* vergonha! — disse Francisca.

Chico Diabo custou a acreditar que ela falava com ele.

— Eu não falo paraguaio, mulher — rosnou entredentes.

— Custódio *no* merece isso, *señor Diablo*.

— É um degenerado.

— *Usted* é que me parece *sin* moral, com essa atitude hostil. Custódio *és un hombre* como o *señor*.

Custódio puxou-lhe pela manga.

— Dona Francisca, deixe disso, vamos simbora!

Francisca se desembaraçou.

— A senhorita me iguala a isso? — disse Chico Diabo, indicando Custódio com o beiço. — Eu sou um homem!

— Custódio *también* — insistiu Francisca.

Casimiro, que vinha de prosa com um estafeta recém-chegado, estacou ao deparar com a cena. Juntando saliva com estardalhaço, Chico Diabo cuspiu no rosto de Custódio. Foi então que Francisca o esbofeteou. Perplexo, ele levou a mão ao rosto.

— Rameira! — gritou, sacando a carneadeira.

Francisca recuou, lívida. Num salto, Casimiro segurou o pulso grosso de Chico Diabo e o torceu. O facão pendeu para o lado. Os dois se encararam. Chico Diabo deu um passo para trás, aprumando-se.

— Homem nenhum me agarra assim! — rosnou Chico Diabo, espumando de raiva.

Casimiro nada disse. Limitou-se a arrancar a camisa, preparando-se para a briga. As infinitas cicatrizes, novas e velhas, ficaram à mostra. À luz mortiça do crepúsculo, pareciam irreais, enodoadas como um espinheiro. Seu lábio superior se contraiu, num esgar animalesco. Chico Diabo recuou. O que ele viu, refletido nos olhos de Casimiro, foi um vazio, como se ele encarasse as órbitas de uma caveira.

Francisca, tentando dominar-se, lembrou-se das palavras de Tobias — "Impossível ressuscitar um morto" — e estremeceu. Em seguida, reunindo todas as suas forças, tomou a mão de Casimiro. Foi como se, num choque, ele despertasse de um transe.

Todo o batalhão abriu caminho à medida que eles se afastaram. E ninguém cobrou ânimo para zombar de Chico Diabo.

Para ver Francisca em segredo, Casimiro dava a Custódio um naco de carne-seca, que ele imediatamente passava a chupar com a banguela. De sua parte, ela o recebia com doces, que o comandante lhe enviava.

— Obá diz que Polidoro é teimoso feito uma mula — disse Casimiro, numa noite calma, amparado em seu regaço.

— Muito me admira *don* Obá *hablar* assim... Logo ele, que é *tan* criado da ordem e da hierarquia.

— Sim, ao compará-las ao Polidoro, ele desmoraliza as cavalgaduras.

Francisca deu-lhe um tapa divertido.

— Ai, tens a mão pesada!

Com a mão livre, Francisca examinava os cabelos dele.

— Estás *lleno* de piolhos...

— Obá disse que isso é bom sinal! Ainda tenho sangue para derramar!

Os dois riram.

— Gostas *mucho* dele, *no?* — perguntou Francisca.

Casimiro assentiu, meio envergonhado.

— Tu também gostas, não é, Francisca? Foi a primeira a chamá-lo de dom Obá.

— Em *su tierra*, ele é rei.

— Depois que ele matou o menino soldado, ficou melancólico. Me preocupa. Ele era tão vivo, tão expansivo...

— *Don* Obá é um nobre — disse Francisca. — Ao contrário *del mariscal*... Mandar *niños a la* guerra... É desumano!

— Aquele um lutava como homem feito. Destroçou a mão de Obá com o punhal.

Francisca calou a boca de Casimiro com um beijo.

No dia seguinte, foram surpreendidos pela visita de Polidoro, que deparou com os dois juntos. O comandante, que sempre implicara com "os três mosqueteiros", mandou que eles fossem enviados à Linha Negra.

— Linha Negra. Que diabo de lugar é esse? — quis saber Chico Diabo.

— Pelo que disse o alferes Benato, é a mais perigosa das avançadas. Onde o demônio espreita — explicou Obá.

— O comandante só fala com o alferes — disse Chico Diabo, com azedume. — Nós somos a bucha de canhão do Casimiro.

Casimiro, posicionado à frente com cantil, espingarda e marmita, nada disse. Sua barricada era feita de pedras grandes e sacos de farinha cheios de terra.

— Tem respeito com um superior — disse Antônio.

— Só é superior porque é filho de família rica — disse o Diabo, em voz baixa, de modo que Casimiro não escutasse. Mas foi inútil. O vento soprava a favor, e a Casimiro nada escapava. Tampouco estava confortável diante do Diabo, que entrevira sua pior porção e só por isso o temia.

A Linha Negra não passava de uma trilha de pouco mais de meia légua repleta de formigueiros. Era tão estreita que se ouvia a conversa na trincheira inimiga. Chico Diabo, dentro da trincheira rasa, com água pelos joelhos, ergueu a carabina, em cujo cano tinha amarrado um trapo vermelho. Era o pedaço de uma farda paraguaia.

— Guaranis sem-vergonha! Teu líder é um *maricón*! São governados por uma puta!

A resposta foram dois tiros, espaçados. O silêncio que se seguiu foi denso como a escuridão.

— Esse Chico Diabo é um desastrado — disse Casimiro.

— Não. Ele fez bem — disse Obá, apagando rapidamente a fogueira com terra. — Provocou os guaranis para eles revelarem sua posição. O problema é que ele nunca avisa o que vai fazer, o danado... Esses tiros mostram que os guaranis já conhecem a nossa vala. Se passarem para o lado de cá, a gente responde ao fogo, com a graça de Deus e do imperador.

— Não adiantou nada cavar esta trincheira — disse Chico Diabo num sussurro. Não queria levar uma bala. — Os pestes estão perto demais!

— Quietos! — disse Casimiro.

Esperaram. Ouviram um passo esquivo, um tropeção, depois algo raivoso sussurrado entredentes. Obá ergueu a mão num gesto. Casimiro destravou a arma. O clique repercutiu feito um grito de arara no vazio. Obá se jogou nos arbustos. Casimiro hesitou, e uma coronhada prostrou-o por terra.

— Desgraçado! Morre, filho duma égua!

O agressor falava em português, foi tudo o que ele pôde pensar, antes que Obá, saindo do mato, fizesse o facão silvar ao vento. O inimigo negaceou e ergueu a clavina. Chegou a apertar o gatilho, mas Casimiro acertou seu joelho com uma pezada certeira. O homem tropeçou, o que deu tempo a Obá de se erguer e acertá-lo com a mão espalmada. A tapona pegou o infeliz na orelha, e ele arriou. Quando ergueu a clavina de novo, Obá, aferrado a ele feito um tamanduá, colocou o dedo no cão da arma, impedindo-o de percutir.

— Ai, meu dedo! — gemeu o negro, erguendo a mão ferida, a mesma que fora apunhalada.

— Ai, que eu morro! — gritou o desconhecido, retorcendo-se todo. Havia caído num formigueiro, e as saúvas subiam-lhe pela pele.

Obá ergueu de novo o facão, pronto a sangrá-lo, quando mudou de ideia e bateu nele com o cabo da arma. O homem arriou. Casimiro se aproximou e cutucou-o com a ponta do pé.

— Está morto? — perguntou Chico Diabo, que acudira da trincheira.

— Esfrangalhou meu fura-bolo, o desgraçado — resmungou Obá, levando o dedo à boca.

O homem jazia no chão ao lado da barricada. As formigas começaram a subir-lhe pelo rosto, enfiando-se pela barba crescida.

— Fala nosso idioma sem sotaque — disse Casimiro.

— Fronteiriço — explicou Chico Diabo. — Aprendem as duas línguas sem acento desde bacuris. Paraguaio sem-vergonha. Deve estar morto de fome para atravessar o campo assim, só com essa clavina azinhavrada... Filho de mãe solteira, caboclo ruim.

Chico Diabo ergueu a clavina do inimigo.

— Vê estas marcas? Cada uma é um brasileiro morto. Se não roubou de alguém, já matou pra mais de dez.

— Treze — contou Casimiro.

— Conta do diabo, conta de ladrão — Chico Diabo cuspiu no homem desacordado. — Mas vai parar por aqui.

O Diabo ergueu o paraguaio, espaventando as formigas.

— O que vais fazer? — perguntou Casimiro.

— Lambuzar com mel e pendurar o infeliz em cima do formigueiro.

— Se é para judiar, melhor matar duma vez — disse Antônio.

— Ninguém mata ninguém — ordenou Casimiro.

Chico Diabo fez que não ouviu:

— Para ele nos dar informação. Só tenho pena das pobres das saúvas... Comer paraguaio deve dar indigestão. Me ajuda aqui, Obá, que o diabo é pesado!

Em pouco tempo, o homem estava amarrado e pendurado pelos pés. Obá segurava a ponta da corda, baixando e subindo o corpo inerte feito um anzol.

— Isso não é digno, Obá — falou Casimiro. — Temos de levar o prisioneiro ao nosso superior, o tenente Gandavo.

Ocupado em suster a corda, Obá não respondeu.

— Para quê? — intrometeu-se Chico Diabo. — Ele não vai abrir o bico na presença de um oficial. Vai fazer que não fala nossa língua,

e ainda come o nosso rancho e dorme aquecido. Paraguaio mente que só a peste. Aqui conosco ele fala, nem que seja depois de morto.
— Blasfêmia, homem! — falou Antônio.
— Os mortos também falam, menino.
— Ele está vivo — observou Casimiro.
— Mas dormindo feito uma coruja de dia — zombou Chico Diabo.
— E cantou feito um galo. Olha só quanta coisa disse: tinha mandioca nos bolsos, sinal de que eles têm ração no covil; tinha munição pra clavina, sinal de que estão bem armados; e carne-seca no alforje. Rapaz, esse paraguaio ou saqueou uma casa de família ou vive feito um rei! Acorda, filho duma égua! — ajuntou, chutando o corpo inerte.

Mais prático, Obá esfregou barro frio no rosto do homem, que resmungou e piscou.
— *Cabrón, sácame de aquí.*
— Não falei que morto falava? — gargalhou o Diabo. — Ele já está morto, sabe disso, e ainda xinga.
— Ele ofendeu a mim — disse Obá. — A mim, um súdito de el--rei Pedro II.

O paraguaio cuspiu no chão uma mistura de sangue e saliva.
— Vês? Cuspindo ao nome do nosso imperador. Só não corto a língua suja porque senão ele não fala mais.

O homem mirou os brasileiros. Sua expressão mudou.
— Sou brasileiro como vocês — disse por fim, sem sotaque.
Obá riu-se, sacudindo a barriga grande.
— E estavas perdido na tua própria terra?
— Achei que vossuncês eram paraguaios. Tive medo.
— Vês, Casimiro? Tem medo, mas não tem vergonha.

Chico Diabo sacou da algibeira uma faquinha fina, de cinco polegadas, quase só lâmina.
— Paraguaio, saloio, caboclo ruim, vês este punhalzinho? Chama--se Misericórdia. Mas de ti ela não vai ter pena, não. O que ela vai te dizer é: se fala logo, morre sem dor; se demorar, eu corto onde dói, mas não mata. É ela quem diz, é a voz dela, não a minha. Escolhe, peste.

Casimiro se adiantou.

— Deixa, alferes — aconselhou Obá.

— Obá, isso não é certo.

— Casimiro, menino, isso é um espia. Um cabra sem lei. Um peste desses te sangra dormindo, quando tu não tens chance de defesa — continuou o gigante, com desprezo. — Te mata que nem um piolho, sem pestanejar. Deixa que o Diabo lida com ele.

— Piedade — gemeu o homem, com o olho em Casimiro. Viu que, se tinha alguma chance, era com o moço.

Num gesto rápido, Chico Diabo cortou-lhe uma orelha.

— Ai!

Casimiro deu um pulo.

— Cabo!

Chico Diabo ergueu a faca suja de sangue. Antônio, prevendo a tragédia, aproveitou para sair furtivamente.

— Fica aí, alferes! — gritou o Diabo, gargalhando. — Se esse sangue envenenado respinga em ti, é capaz de dar coceira braba.

— Deixa o homem em paz! — insistiu Casimiro. — Isso não é cristão!

— Quem és tu pra falar em Cristo? — escarneceu Chico Diabo.

Casimiro sentiu o peso da pergunta. Baixou os olhos. Chico Diabo riu, balançando a cabeça.

— *Por el amor de Dios* — suplicava o homem.

— Agora vou cavar mais um buraco no teu nariz, paraguaio. Vais ficar com três.

Chico Diabo se abaixou ao lado do homem, que gemeu mais alto. Casimiro, empurrando Obá, se colocou entre eles.

— Isso não se faz nem a um bicho! — falou Casimiro. — Melhor matar duma vez!

— Não! — gritou o homem.

— Viste, alferes? Nem ele quer morrer. — A voz de Chico Diabo não disfarçava a ironia.

— Isso não é digno! Esse homem será levado à corte marcial!

Chico Diabo riu com todos os seus dentes. Percebendo que a situação ficava perigosa, Obá deteve Casimiro com um toque suave em seu ombro. Chico Diabo, desde que tentara matar Casimiro, alimentava um medo do alferes que o paralisava, mas não o impedia de odiá-lo. E esse sentimento era imprevisível, ainda mais num temperamento ardido como o do cabo açougueiro.

— Casimiro, menino, só assim esse paraguaio vai falar — explicou Obá, pausadamente. — Vai dizer quantos são do outro lado, quanto de comida eles têm... Quanto tempo hão de resistir... O Diabo sabe o que faz.

— Nós vamos levar o prisioneiro ao quartel — insistiu Casimiro.

— Quartel? Aquilo lá é um potreiro! — riu Chico Diabo. — Estamos amontoados lá feito bestas de carga! Comemos em manjedoura, dormimos na palha fria!

— Pelo amor de Deus — gemeu de novo o prisioneiro. Ia continuar a falar, mas um pontapé de Chico Diabo o fez calar.

— Para, homem! Eu te ordeno! — Casimiro ergueu a espingarda. O Diabo ficou parado.

— Alferes, não sabes o que fazes...

— Se maltratar de novo esse soldado — disse Casimiro —, eu atiro.

— Isso não é soldado, é um matador. Tu viste a clavina dele! Se apontas a arma para um homem, tens que atirar. É isso que queres? Me matar? — Chico Diabo abriu a camisa suada. — Pois atira duma vez! Ou podes me atacar à noite, feito o bicho que tu és! O que vai ser?

Casimiro hesitou.

— O teu demônio só ataca à noite, alferes? — escarneceu Chico Diabo.

Obá deu um passo à frente.

— Chega! — disse o negro com autoridade. — Chico Diabo, tu falas demais!

— É nosso dever levar o prisioneiro em segurança até um superior — repetiu Casimiro.

— Agora não é noite de lua — disse Chico Diabo. — Vai ser tu e eu, olho no olho.

Os dois se encararam.

— Casimiro, menino, me dá esse trabuco — aconselhou Obá.

Decidido a evitar o pior, Obá se adiantou. Casimiro, que tinha a espingarda à meia altura, apontou-a para o peito de Obá.

— Nem mais um passo, Obá. Eu te rogo!

— Casimiro...

Obá deu um passo à frente. Casimiro sustentou a arma. O dependurado esquecera a dor da orelha cortada. Seu olhar vidrado parecia dizer *atira*. Chico Diabo parara de sorrir.

— Mas o que é isso?

Era a voz do tenente Gandavo. Ele vinha com Antônio. Casimiro baixou a guarda e Obá arrancou-lhe a espingarda das mãos.

— Quem é esse homem? — perguntou o tenente.

— Um batedor dos guaranis, vossa excelência meu comandante — explicou Obá.

— Soldado Galvão, já mandei não me chamares assim. Chama--me pela patente.

Obá se perfilou.

— Sim, senhor!

— O que estava acontecendo aqui? — insistiu o tenente.

Casimiro hesitou. Chico Diabo ficou calado. Quem falou foi Obá.

— O alferes Benato, aferrado à sua Minié, escutou um ruído enquanto eu interrogava o paraguaio. Prontamente, sacou de sua arma de combate para colocar-nos a salvo do fogo inimigo.

O tenente, ele mesmo um pouco mais velho que Casimiro, se deu por satisfeito. Melhor não perguntar nada. Às vezes achava que era um mero espectador. O teatro da guerra era feito de homens mais duros que ele.

— Onde está a orelha desse homem?

— Aqui — respondeu Chico Diabo, tirando a orelha do bolso. — Ela caiu, senhor, de madura, que nem uma goiaba. O infeliz deve ter o mal de lázaro. Melhor guardar distância.

— Temos um prisioneiro ferido — finalizou o tenente. — Vamos levá-lo ao acampamento.

O rosto de Chico Diabo ficou crispado.

— Senhor, se me permite, há pouca ração. O que temos mal dá para a tropa. Toda noite vamos dormir com fome.

— Alferes, ajude a desamarrar esse homem — o tenente ordenou a Casimiro, sem dar atenção a Chico Diabo.

— Cuidado que isso é traiçoeiro, tenente — avisou o Diabo. — Tentou matar a nós e ao menino, quer dizer, ao alferes Benato.

— Vejo que vós soubestes se defender. Andai logo, não temos a noite toda. Onde está a sentinela que vem vos render?

Antônio perfilou-se.

— A postos, senhor! Apresento-me como voluntário.

— Quem desarmou o paraguaio? — quis saber o tenente, já no acampamento, ao calor das fogueiras.

— O soldado Benato e eu — disse Obá. — Ele portou-se com valentia.

Casimiro não pôde sustentar o olhar do negro. Auxiliados por Antônio, eles depuseram o paraguaio no chão. À luz das brasas, ele era mais velho do que parecia. Ficou calado o tempo todo. Adivinhava seu fim.

No acampamento, a soldadesca cercou o prisioneiro. Os homens o olhavam com curiosidade, as mulheres tentavam unhá-lo na cara.

— Foi um desses que violou minha irmã pequena! — gritava uma.
— Guarani ladrão! — acusava outra.

Obá abria caminho entre elas, mantendo-as longe.

— Salta fora, mulherio, o tenente quer o caboclo inteiro. Por mim, eu sangrava aqui mesmo, mas ele vai comer a nossa comida.

— Desgraçado!

Uma vivandeira mais afoita cuspiu na cara do soldado, que sorriu, lambendo o cuspe que lhe escorria pela cara e fazendo uma careta lasciva. Isso despertou o ódio de outra que, dizendo que ia curar-lhe a ferida, arremessou-lhe um penico cheio. Dessa vez, coberto de excremento, o homem uivou de ódio. Todos riram. A pretexto de protegê-lo, Obá aproveitou para tascar mais uma tapona no homem, que cambaleou.

Casimiro pensou que, nessa toada, o paraguaio não duraria nem um dia. Afastou-se. Era uma carnificina que nada tinha de heroica.

No dia seguinte, a tropa, perfilada, marchava em exercício. Só seguiam em frente e voltavam. Os soldados já começavam a inquietar-se e os oficiais sabiam disso. Portanto, a ordem era entreter a soldadesca, nem que fosse esfalfando-os com treinamentos. As ordens eram trazidas por estafetas apressados, que num pé engoliam o rancho azedo que lhes era servido e iam embora noutro, manquitolando descalços. Nem se perguntavam aonde iam.

— Tomara que dona Francisca esteja bem — disse Casimiro.

— Tu te preocupas demais com aquela paraguaia — resmungou Antônio.

Casimiro ia ao lado de Obá.

— Obá, quero falar-te.

— O que passou é passado, menino Casimiro.

— Eu não devia jamais ter te apontado uma arma.

— Se não repetires, para mim está bem.

O piquete interrompeu-se. Quando um estacava, todo o resto parava junto, como bois de parelha. A diferença é que só tinham duas patas e não eram tão resistentes. Um menino que ia escanchado aos quartos da mãe começou a chorar. A mulher, exausta, arriou.

— Alguém vai ter que carregar essa peste de volta ao acampamento — disse Chico Diabo, dando um pontapé no prisioneiro, que ia manietado por uma corda, tropeçando a cada passo. — Que seja o paraguaio.

A mulher escutou a conversa.

— Eu não quero ser levada por um guarani!

— Então fica e morre — disse Chico Diabo. — Tu e tua cria.

O tenente Gandavo aproximou-se. Tinha a barba crescida, o que acentuava sua palidez. Correu os olhos pela tropa. Deteve-se em Casimiro.

— Aguenta a mulher, senhor alferes?

— Posso tentar, senhor tenente.

Obá, ao lado dele, observou:

— Tenente, é um homem a menos para lutar em caso de ataque. Que seja o prisioneiro a carregar a mulher.

O tenente assentiu. O prisioneiro foi desamarrado. Os braços inertes penderam ao longo do corpo.

— Precisa esperar o formigamento passar — disse Chico Diabo.

Antônio ajudou a atar uma tala à cintura da mulher, a fim de acomodar a criança. Depois ajudou a mulher a trepar às costas do paraguaio, que gemeu com o peso.

— Aposto meia-pataca que o paraguaio arria antes do anoitecer — disse Chico Diabo.

— Tu não tens meia-pataca, mas eu aposto o lenço de lã do teu pescoço contra a minha faquinha de corte — concordou Obá.

— Feito.

— O Diabo vai perder — disse Antônio. — O caboclo é forte, aguentou as taponas de Obá.

O batalhão seguiu, secundado pela tralha e pelos carroções. Por fim, ia o paraguaio com a mãe e o filho. Era uma estranha composição aquela: uma criança e uma mulher atreladas a um homem, que só podia mexer as pernas, atrás de uma multidão de soldados, a maioria descalços, todos desnorteados.

No acampamento, o paraguaio logo ficou famoso. A soldadesca o visitava, alguns eram ferozes. A sentinela tinha sempre que espantar os mais afoitos.

O acampamento crescia. "Em breve, chega a Linha Negra", gracejava Obá. "Aí Brasil e Paraguai serão um só!" Barracas se espalhavam até onde a vista alcançava. Como no Passo da Pátria, o acampamento era uma verdadeira cidade, mas com uma lei própria. Quem mandava? Ninguém sabia, mas não eram os oficiais.

Na segunda noite, Casimiro vigiava o paraguaio.

Antônio trouxe um pouco de erva-mate. A bebida quente reavivou-lhe o estômago. Os dois ficaram calados, escutando o ronco dos sapos.

— Será que vamos morrer aqui? — perguntou Antônio.

— Não, se é para morrer, que seja em combate — respondeu Casimiro.

— Casimiro, tu acreditas na história da besta-fera que os homens estão contando? Chico Diabo jura que viu a criatura, na calada da noite. E mais, que sabe quem é!

Casimiro ficou um tempo em silêncio antes de responder.

— O cabo Lacerda fala demais.

— Aquele outro cabo que tinha um gancho no braço... O que lutou contigo no Treme-terra...

— Anzol.

— Ele dizia a mesma coisa quando se embriagava. Depois negava tudo — continuou Antônio. — Os homens parecem que têm medo de falar. Dizem que, quando se diz o nome do diabo, ele aparece.

Antônio cuspiu um pedaço de tabaco. Ultimamente dera para mascar.

— Mulheres, criaturas da noite... Estamos bem-arranjados aqui na Linha Negra — completou.

Casimiro sabia que ele se referia a Francisca, não às vivandeiras que volta e meia apareciam para vender coisas.

O paraguaio gemeu. Derreado, dava sinais de exaustão. Não queria mais comer. Só aceitava de quando em quando um gole d'água. Casimiro, vendo-o dormir ao relento, amarrado ao pescoço como um cachorro, sentiu pena. Ele sangrava como os brasileiros.

Foi quando escutou um ruído. Era um grupo que lutara nas avançadas, brutos que comiam com as mãos e jamais se lavavam. Casimiro ao mesmo tempo os admirava e temia. Vinham buscar o prisioneiro. Chico Diabo à frente, empunhando a faca afiada.

— Alferes, viemos requisitar o paraguaio.

Casimiro se levantou.

— Tens ordens?

— Sou cabo, isso basta?

— Precisas da requisição de um oficial — disse Antônio, colocando-se à frente.

Chico Diabo mirou-o com infinito desprezo.

— Sai da frente, menino.

Antônio não se moveu. A um gesto do Diabo, um negro graúdo arrodeou por trás e, sem que ninguém esperasse, agarrou-o pelo pescoço e tapou sua boca com a manzorra. Casimiro ergueu a carabina, mas Obá, aparecendo naquele instante, tirou-a de suas mãos.

— Vais erguer a arma de novo contra mim, Casimiro?

Os homens cercaram o paraguaio, que àquela altura já estava bem desperto. Sem perder tempo, começaram a surrá-lo com socos e pontapés. Alguns usavam paus e pedras. O homem não teve sequer tempo de gritar, os dentes foram quebrados por uma coronhada.

Em poucos instantes, só restava dele uma massa informe e pisada, rubra de sangue. Chico Diabo sorriu.

— Pronto. A justiça foi feita.

Os soldados se afastaram.

— Vou dar parte aos nossos superiores — disse Casimiro. — Matais um homem indefeso!

— Alferes, com todo o respeito — disse Chico Diabo —, matamos bem matado um paraguaio. Vossa Senhoria pode se gabar de ter matado apenas inimigos? — ajuntou, sarcástico. — Lembra que eu já vi o senhor em ação.

Casimiro não respondeu.

— Casimiro — disse Obá —, tens a noite toda para esquecer o que viu. Os dois. Eu não gosto de matança, só vim aqui porque sabia que estavas de sentinela. Esses homens têm sede de sangue, e vocês dois estavam no caminho. Queriam fazer companhia a ele no inferno?

Eles não responderam. Obá também se afastou. Casimiro e Antônio ficaram sozinhos.

— O que o Diabo quis dizer com aquilo? — perguntou Antônio. — Por acaso ele insinuou que mataste um dos nossos? Aquele homem é doido!

Casimiro apanhou uma pá de campanha.

— O que vamos fazer? — quis saber Antônio, após uma pausa tensa.

— Sepultar o desgraçado — respondeu Casimiro, começando a cavar. — Não me ajudas?

Antônio, pegando outra pá, enfiou-a na terra.

No dia seguinte, o batalhão perfilado recusou-se a dizer onde estava o paraguaio. A conselho de Obá, o tenente Gandavo limitou-se a escrever em seu relatório "desaparecido". Decerto o prisioneiro aproveitara a escuridão da noite para fugir, atravessando a Linha Negra como o demônio que era. Aos soldados, o relatório a ser levado por um estafeta não dizia nada. Poucos ali sabiam ler.

Ao anunciar Casimiro, Custódio cuspiu-lhe perdigotos no rosto. Disfarçadamente, o rapaz enxugou a face com as costas da mão. Francisca, saindo da barraca nesse momento, não pôde disfarçar um sorriso.

— Peço desculpas por *mi* demora.

Usava um novo vestido de chita limpo, decerto comprado de uma vivandeira pelo pajem. Mesmo sem espartilho, tinha a cintura bem marcada. Sem brincos ou outros adereços, parecia estranhamente nua a Casimiro. Ele só vira mulheres à vontade se eram parentes.

— A que devo a honra de *su* visita, *señor* alferes?

Na presença dos outros, mesmo sendo Custódio, tratavam-se formalmente.

— Vim ver se a senhorita precisa de alguma coisa.

— *Sí*, de um espartilho, de um bom par de meias e de um chapéu.

Casimiro pareceu confuso. Ela riu, divertida.

— *Señor* alferes, *estoy* apenas brincando. Tenho tudo de que preciso aqui. O general Polidoro, apesar de contrafeito e um tanto desconfortável com *mi* presença, *no* me deixa faltar nada.

— Ele não está acostumado a mulheres no campo de batalha. E nos viu juntos... Obá disse que ele ficou com ciúmes. Chamou-o de velho assanhado.

Francisca sorriu.

— Sente-se, por favor — disse ela, indicando um pilão virado. — *No é una* cadeira decente, mas é *lo que tenemos*.

Casimiro esperou que ela se sentasse num banquinho de campanha.
— Fique à vontade, *señor* alferes.
— Obrigado.
Casimiro sentou-se, tomando o cuidado de ajeitar o sabre.
— E o soldado Antônio, por onde anda? Parece me evitar *siempre que puede*.
— Antônio é um soldado. A senhorita é... estrangeira.
— Paraguaia. Para ele *soy enemiga*. Falando nisso...
Ela estendeu a mão a Antônio, que entrara em silêncio, mas ele não a tocou.
— Soldado Feitosa — saudou.
— Senhorita — ele respondeu, sem encará-la. E ajuntou para Casimiro. — Senhor alferes, está na nossa hora de render a sentinela da Linha Negra.
Casimiro levantou-se imediatamente.
— Senhorita, se me permite...
— Sem dúvida. *Son* assuntos de *hombres*.
Casimiro afastou-se. Antônio perfilou-se, cumprimentou a senhorita e ia saindo quando ela chamou.
— Soldado Feitosa, por favor...
— Senhorita?
— Notei que *su* camisa abotoa-se do lado *derecho*.
Antônio empalideceu.
— E o que tem isso? — respondeu prontamente. — O Exército imperial fornece apenas as calças e a jaqueta, senhora. Eu mesmo cosi a minha camisa.
— Decerto pregaste *también los botones*.
— Sem dúvida.
— A camisa dos *hombres* é *siempre* abotoada pela *izquierda*. Ao passo que a das *mujeres* abotoa-se pela *derecha*.
Antônio corou, depois ficou lívido.
— Não sei dessas delicadezas. Nunca botei reparo nisso. Se é tudo, peço permissão para seguir o alferes.

Francisca continuou, sem sombra de maldade na voz. Falava como falaria a um igual:

— *No soy* seu oficial, Antônio. Podes fazer o que quiser. Até *hablar* comigo.

Antônio perfilou-se uma última vez e saiu, zangado. Francisca sorriu tristemente.

— Que *sorpresas* esta guerra me prepara...

— Falou comigo, sinhá? — acudiu o ordenança.

— *No*, Custódio. Falava comigo mesma... — ajuntou, com os olhos em Antônio, que já ia longe, os ombros estreitos dançando dentro da jaqueta reiuna, grande demais para ele.

Na Linha Negra, sentado na lama dentro da trincheira, Casimiro limpava a arma. A umidade tornava o metal imprestável. A Minié vivia engripando. Ora era o barro, que travava a espingarda, ora a água, que lhe emperrava as ferragens.

Antônio gabava sua clavina, segundo ele, a melhor arma que um soldado podia ter.

— Salvaste a minha vida com a tua Spencer, Antônio — disse Casimiro. — Nunca vou poder agradecer. Que tiro aquele! Alcançou aquele índio feiticeiro bem na testa! Não fosses tu, a esta hora eu seria comida de peixe.

— Foi sorte. Mas esta clavina nunca falha. — Antônio ergueu a arma, orgulhoso, e ajuntou: — Casimiro, observaste que estás cada vez mais cabeludo? E não falo só da tua cabeça, não... Olha os teus braços...

Casimiro vestiu a jaqueta. De fato, a cada dia seu corpo ficava diferente. Estava mais desempenado, os músculos desenhavam-se sob a pele amorenada pelo sol.

— Deve ser o rancho, amigo Antônio... Essa comida me sabe a veneno...

— A mim também. Tenho o estômago fraco.
— Chico Diabo não reclama.
— Aquilo é um bicho.
— Já pensaste, Antônio, no que vais fazer depois da guerra?
— Se ela acabar...
— Tudo acaba, amigo...
— Vou para a corte. Quero seguir a carreira militar. Assim como tu. Quem sabe chego a sargento!
— Serás oficial! Ascenderemos juntos.
— Não, Casimiro. Tu és letrado, sabe coisas que eu nunca vou saber.
— Deixa de bobagem. És inteligente.
— Achas?
— Tenho certeza. Sabes que dona Francisca já gabou seus modos? Diz ela que tens uma educação nata.
— Por que tu falas sempre dessa mulher? — exclamou Antônio, ofendido. — É uma paraguaia!
— Perseguida pelo tirano. Isso a aproxima de nós.
— Aproxima coisa nenhuma! O general Polidoro desconfia que ela seja uma espiã! Na primeira oportunidade, vai mandá-la para a corte, onde será julgada. E que seja breve!
— O teu ódio ao paraguaio não te deixas ver com clareza. Ela é uma vítima da guerra tanto quanto os nossos feridos.
— Nem de brincadeira digas uma coisa dessas! Comparar uma guarani aos nossos... Estás zombando!

Casimiro sorriu. Estavam acampados havia 14 meses. A guerra se arrastava feito uma sucuri empanzinada. Muitos voluntários morriam sem sequer ter lutado, porque as doenças grassavam feito pulgas. O cólera-morbo estava em todo lugar. Água limpa não existia. Tinham de cavar cacimbas até mesmo dentro de suas barracas, e as pás, manuseadas por braços exaustos, volta e meia davam com ossadas. As cisternas estavam contaminadas pelos miasmas dos cadáveres. Os soldados eram o aborto no ventre da besta, a guerra.

Só uns poucos oficiais tinham água limpa. Polidoro dividia a sua com Francisca. Com isso, a soldadesca tinha um motivo a mais para odiá-la. Polidoro afastara Casimiro e a mantinha por perto. Antônio falava a verdade: corria à boca miúda que ela era uma espiã de López.

Para Casimiro, que a salvara, ela era apenas Francisca. O moço estava apaixonado, mas temia por ela. E se a criatura aparecesse? Poderia feri-la, até matá-la. A ideia o horrorizava. Vê-la morta? Preferia morrer ele próprio. Sabia o nome de suas amigas, de seus parentes mais próximos. A família dela, chacinada por López, era bem viva na imaginação de Casimiro. Ele conhecia cada detalhe da casa em que ela nascera. Quando sentia frio nas vigias da Linha Negra, pensava nos lençóis da casa da paraguaia, nas cortinas adamascadas da sala, nas janelas, tão grandes que iam até o rés do chão. Nas horas mais íntimas, chamava-a de Pancha, o apelido de Francisca. Tudo nela lembrava-lhe sua casa, tão distante.

E os seus? Nem uma palavra de seu pai, até as cartas da mãe rarearam. Casimiro podia ver o comendador na capela da fazenda, rezando a Nossa Senhora Compadecida. Pediria a morte do filho, como quem pede saúde, prosperidade? Ele não devia pensar nisso; culpava-se, mas não podia evitar. A verdade é que fora enviado para a morte. Nos momentos de angústia, Casimiro achava que não tivera uma vida além da guerra. A memória escasseava. Tentava se lembrar dos vestidos da mãe, que Francisca pedia que ele descrevesse, mas era em vão. Até mesmo Conceiça era uma lembrança vaga.

A prisioneira percebia isso e forçava as saudades de Casimiro. Ela também o amava. Assuntando aqui e ali, descobrira que Casimiro provinha de fato de uma família abastada. Seu pai, que tinha influência na corte, poderia tê-lo poupado da guerra, mas não o fizera. Ela sabia que muitos senhores faziam isso com seus bastardos, alistavam-nos à revelia, para que sumissem de suas vidas. Mas Casimiro era o filho caçula! Que crueldade enviá-lo para a guerra. Tinha seis irmãos, todos homens como ele, mais velhos, capacitados para o combate, que haviam sido preservados. Ela sabia o porquê disso tudo, porém, como os outros, não ousava falar.

Casimiro, contudo, procurava não questionar os desígnios paternos. Estava cada vez mais melancólico, era quase um ermitão dentro da tropa. Havia noites em que desaparecia. Retornava pálido, ferido, com as feições carregadas, como as de um criminoso, as roupas em trapos.

A aventura marcava-lhe o rosto, deixava sua pele vincada como a de um velho. Ela percebia que aquelas noites valiam por anos, como se ele, condenado a elas, adquirisse uma experiência cruel, violenta a ponto de moldar-lhe a fisionomia. Os modos, entretanto, continuavam os mesmos. Às vezes perdia-se em divagações, ensimesmado como um índio.

Até o seu velho amigo Obá se distanciou, vítima dos demônios, os seus e os dos outros. O fantasma do menino soldado o atormentava. Fechou-se em si, deu para falar sozinho e beber demais. Metia-se em brigas e, mesmo com a mão inutilizada, que pendia bobamente à cintura, machucou seriamente um cabo. Isso foi a gota d'água. Polidoro mandou chicoteá-lo. Para Obá, tal castigo foi fatal. A chibata era para escravos, ele era um homem livre! Recebeu dez chicotadas que mal marcaram sua pele curtida, mas a ferida em seu ser jamais cicatrizaria.

Num dia, à hora do ângelus, vociferando contra os espectros que o infernizavam e que só ele via, Obá bloqueou o caminho de um piquete inimigo que viajava incógnito. Com a fúria dos loucos, desbaratou o pelotão. Doze homens armados de sabre ficaram no chão. O restante fugiu espavorido.

Recebeu a medalha geral de campanha e deu baixa como alferes, mas nada mais o interessava. Chico Diabo repetiu que ele parecia um escravo com banzo, previu sua decadência. Antônio teve medo de que ele enlouquecesse. Francisca disse que Obá seria sempre dom Obá. Casimiro ficou a cismar naquilo. Quando abraçou Obá, que partia, o negro sorriu.

— Não fica triste, menino. Vou te esperar em meu reino! A ti e à tua paraguaia — completou, piscando o olho.

Um dia Francisca sentiu enjoos. Vomitava à toa, a comida a deixava tonta como se estivesse em alto-mar. Negou-se a reconhecer a verdade, mas não precisava mais de panos higiênicos. O primeiro a perceber isso foi Custódio. Ele entendia de mulheres como ninguém.

— A sinhá está esperando criança — sussurrou, numa manhã em que dobrava a roupa de cama.

— Estás *loco, hombre?* — sobressaltou-se a moça.

— Sei das coisas.

Francisca segurou o ordenança pelos ombros.

— Ai, sinhá!

— Custódio, se *alguien* souber o que *dices*, eu dou parte de ti ao general!

— O general não tem nada a ver com isso — respondeu o soldado, ajeitando a farda, que sempre trazia impecável. — Eu sei muito bem quem foi o culpado...

Francisca sentou-se num banco de madeira. Estava lívida.

— Fica tranquila, sinhá... Ninguém há de saber. O problema vai ser disfarçar a barriga...

— Custódio!

— Já não falei que é pra senhorita ficar calma? Ninguém vai saber do seu estado de graça. Nem o pai, se a senhorita não quiser.

— Se o general descobre, Casimiro pode ir a *juzgamiento* por um tribunal militar! E perder *todo*!

— Deus me livre!

— Para todos os efeitos, *soy una* prisioneira, Custódio!
— A senhorita é uma dama, isso, sim! Foi a única que me tratou com respeito no meio desta corja! Se a senhorita soubesse o que eu passei antes da sua chegada! Acha que sou doido de deixar alguém saber do que aconteceu? Sinhá, eu protejo a senhorita com unhas e dentes. Se for preciso, mato um!

E Custódio, no delírio da lealdade, golpeava o ar.
— Posso saber o que está acontecendo aqui, soldado?

Era Casimiro, que entrara no meio da peleja imaginária de Custódio.
— Mosquitos, senhor alferes! — disfarçou o pajem. — Essas malditas mutucas, que sugam o sangue de um cristão! Estou afastando as pestes para elas não picarem a senhorita!

Ia saindo, dando palmadas no ar.
— Não estás se esquecendo de nada, soldado?

Custódio perfilou-se e bateu continência.
— Dispensado — disse Casimiro.

Quando ele saiu, rápido como um raio, Francisca sorriu.
— Só tu mesmo pra tratar o Custódio *así*...
— Assim como?
— Como um soldado.
— Ele é um homem como todos os outros.

Ela sorriu de novo.
— Só tu, Casimiro...
— És tão bonita, Pancha...
— São *tus ojos* que *están* acostumados à feiura da guerra. A *brasileña más* acanhada é *más hermosa* que eu.
— Está para nascer mulher, brasileira ou não, que seja tão bela.

Ele a beijou docemente. Sempre que fazia isso, ela sentia os seus dentes afiados. Era uma característica dele. Casimiro não fora seu primeiro homem, ela passara pelas mãos dos soldados de López, mas ele fora o primeiro consentido. E nenhum tinha dentes como os dele. Eram cortantes, pontudos. Por isso ele evitava sorrir.

— Casimiro, *tengo* algo a *decirte*.

— Diz.

— Recebi *órdenes* de mudança. Parto em três dias. Devo apresentar-me à corte.

— Eu já esperava isso. Mas será melhor para ti. Serás tratada como a dama que és. Como refugiada política, terás regalias. Podes até procurar Obá no Rio de Janeiro. Chegaram notícias da corte. O danado foi recebido no paço pelo imperador em pessoa! Ah, eu daria tudo para ver tal cena! Segundo me disse na correspondência, está morando numa comunidade chamada Pequena África, onde é rei! Com séquito e tudo mais!

Francisca sorriu tristemente.

— Ele me *odia*, Casimiro. Todos me odeiam, só tu que *no*.

— Eu já pensei em tudo, Francisca! — falou, segurando as mãos dela e beijando-as. — Tentarei partir contigo... Vou fazer um requerimento. Oferecer-me para fazer parte da tua escolta.

— *Asunción* já está sitiada — observou Francisca. — Tomá-la é *cuestión* de *tiempo*. Duvido que o alto-comando vá abrir mão de ti.

— Eu voltarei assim que estiveres em segurança.

— És necessário agora, *no* depois. Passamos um bom *tiempo* juntos, Casimiro. Temos *muchas* lembranças.

Ela passou os dedos no seu rosto. Uma nova cicatriz formara-se na altura de sua orelha. A pele, recém-recuperada, era tenra como a pele dos lábios.

— Estás *siempre* machucado... Parece um *niño*...! — disse, carinhosa.

— A guerra está quase terminada. Caxias planeja uma série de ataques.

O marquês de Caxias foi nomeado líder do Exército. Em tempo, porque as tropas já se rebelavam. Nada é pior que um motim. Soldados famintos não respeitam nada. A presença do legendário general havia sossegado as tropas, recobrado seu ânimo.

— Estou cheio de esperança, Pancha!

Estava mesmo. O curso do mal que o atormentava havia sido interrompido. Há tempos não era atormentado pela criatura. Seria efeito do amor? Ele a beijou docemente.

O requerimento de Casimiro foi negado.

Os poucos pertences de Francisca foram rapidamente ensacados. Não havia objetos de toucador, nada que revelasse a vaidade de uma mulher, apenas as duas mudas de vestidos de chita, alguma lã e um indignado Custódio.

— Não acho justo, sinhá! A senhorita é uma dama! Não pode se embrenhar no mato, com tantos paraguaios no território! Com esses regimentos desmantelados, os soldados andam à solta, pilhando, matando! É como mandar um carneirinho à boca do lobo!

— *Soy una* prisioneira, Custódio. *No* faço mais que obedecer *a las órdenes* do general. *Además*, tenho que ser grata por estar viva.

— Não é justo!

— Esta guerra *no es* justa.

— Guerra é coisa de homem! A senhorita é mulher!

— Custódio, peço que fiques calado! *Tu* conversa está me pondo doida!

— Com licença.

Francisca reconheceria aquela voz rouca em qualquer lugar. Era Casimiro. Ela adivinhou tudo e fuzilou o ordenança com os olhos negros.

— Com a vossa permissão — disse Custódio, tratando de escapulir.

— Ias embora sem se despedir? — perguntou Casimiro.

— Estavas na Linha Negra — justificou-se a moça.

— Francisca, fala a verdade. Tens algo a me dizer?

Ela baixou os olhos.

— *No*.

— Custódio anda espalhando coisas...

— Custódio é um mexeriqueiro!

— Ele me disse que estás... — Casimiro gaguejou — em estado interessante...

O queixo de Francisca tremeu.

— Ele *no tiene* direito...

— *Eu* tenho o direito de saber... Francisca, se for verdade, vou-me embora contigo!

— *Mismo* que esse boato fosse... honesto... caso partisses comigo, serias considerado um desertor. A pena é *la muerte*. Sabes disso *mejor* que eu.

Ela agora chorava baixinho. Casimiro tomou as mãos dela e as beijou com amor. Os lábios se encontraram, tocando-se com suavidade, mas foram separados pelo ruído seco de um corpo em queda. Era Custódio, que entrava aos trambolhões, empurrado por Antônio.

— Mas o que é isso?! — indignou-se Casimiro.

— O ordenança tem algo a lhe dizer, senhor — disse o praça, com os olhos firmes em Custódio, que hesitou. — Fala duma vez, homem — rosnou Antônio —, ou eu arranco suas moelas.

— Senhor alferes — choramingou Custódio —, eu sou um fracalhão, um degenerado, mentiroso, eu invento histórias que não existem! Era tudo fantasia!

Francisca seguia a cena com horror.

— Que patacoada é essa? — quis saber Casimiro, perplexo. — Vocês podem me explicar?

— Senhor alferes — interrompeu Antônio —, eu sou testemunha de que tudo que esse... esse praça anda falando por aí são sandices. Torpezas de quem não tem o que fazer! — encarou Francisca. — Essa senhorita não está grávida, posso lhe assegurar!

Francisca não conseguia mais conter as lágrimas.

— Eu sou um mentiroso, alferes! — gritou Custódio. — Inventei tudo, mas por amor a sinhá Francisca! Ela foi a única que me tratou com decência nesse inferno! Ela...

Uma bofetada de Antônio o interrompeu. Custódio caiu; Francisca correu a ampará-lo.

— *No* bata nele!
— Basta! — ordenou Casimiro. — Tens provas do que estás dizendo, soldado Feitosa?
— Além da minha palavra, senhor? — retrucou ofendido.
— Confio em ti, Antônio. Mas a situação é por demais delicada. Envolve a honra e a responsabilidade de um homem... Que sou eu. Além da vida de um inocente, se for verdade.
Antônio hesitou, mas tirou da algibeira dois panos brancos, tingidos de vermelho esmaecido. Francisca ficou perplexa.
— O que é isso agora? — perguntou Casimiro. — De quem é esse sangue?
Custódio beijava a mão de Francisca, que parara de chorar. Ela encarou todos, firme.
— É o sangue das regras de uma mulher, senhor — disse Antônio. — Da senhorita dona Francisca.
Casimiro ficou lívido.
— Saiam daqui! Os dois!
Antônio perfilou-se, esperou que Custódio passasse por ele e o seguiu.
Cheio de pudor, Casimiro cobriu os panos que Antônio deixara sobre a mesa de campanha com seu próprio lenço.
— Peço que perdoe essa cena ignóbil.
— Casimiro...
— Os dois serão punidos exemplarmente.
Ela agora chorava em seus braços.
— Mas o que significa essa loucura? — explodiu Casimiro. — Decerto esses homens perderam o juízo! Uma comédia dessas, uma vergonha diante de uma senhorita! Vou mandar colocar os dois a ferros! Por minha farda, eles vão pagar por isso!
Francisca segurou o rosto do amado entre as mãos com infinita ternura.
— Casimiro, és *tan* inocente... Um inocente jogado às feras... *Una mujer* não tem regras se está grávida... Vês como Custódio se precipi-

tou? Na ânsia de ajudar-me, de evitar a minha partida, ele inventou tudo isso. Peço que *no lo* castigues... Promete?

Casimiro tinha o rosto em fogo.

— Infelizes! Expor assim a intimidade de uma dama...

— Casimiro, por quem és... Promete que *no* vais castigar *el pobrecito*? Ele fez aquilo por mim...

Aturdido, Casimiro assentiu.

— Só porque me pedes. Eu deveria mandar punir esse intrigante com cinquenta pranchadas!

Ela tapou sua boca com o dedo, carinhosa.

— Agora me deixa preparar tudo. *No* te aflijas. *Tengo* certeza de que ainda nos veremos, num lugar *mejor*. Ah, Casimiro — murmurou, cobrindo-o de beijos —, és tão *joven*... *No* passas de *un niño*...

No dia da partida, por ordens do alto-comando, ela e Casimiro não puderam se despedir. Quem representou o alferes foi Antônio, que entregou a ela três patacas, toda a fortuna de Casimiro, o que ele pôde salvar da carestia da guerra.

— Antônio... Posso chamar-te *así*? — perguntou Francisca, enquanto acomodavam sua equipagem num carroção.

— Como quiser, senhorita.

— *No tengo* palavras para agradecer o que fizeste.

— A senhorita estará em segurança na corte. Os dois, aliás.

— Salvaste três vidas.

— O alferes Benato não podia enfrentar a corte marcial. Foi nele que pensei, e só nele.

Ela sorriu tristemente. Custódio, sovado e com um olho roxo, guardava a devida distância de Antônio. Ninguém podia escutá-los.

— *No* preciso *preguntar* onde conseguiste aqueles panos — disse Francisca.

Antônio corou como uma moça.

— Colocaste *tu* própria vida em risco ao fazer aquilo.

Antônio evitava seu olhar a todo custo.

— Senhorita, a escolta está à sua espera. Deve se apressar.

— Estamos ligados, Antônio. Sabemos o segredo um do outro. Por isso *me voy* tranquila. Porque sei que tens *un corazón* nobre.

Antônio não respondeu, mas a boca tremeu-lhe ligeiramente. Francisca partiu, levando consigo o seu segredo, Custódio e três praças como escolta.

A meu pai, o excelentíssimo comendador Benato Neves

Meu pai, a tua bênção. Renovo meus votos de saúde e paz, que esta guerra não tem fim. A espera, a espera, a espera. Meu batalhão de infantaria foi desmantelado. Fui novamente incorporado ao Boi de Botas, como chamam aqui esta cavalaria sem cavalos. Estou só. Sem Francisca, como poderei me arranjar? Os sintomas do mal reapareceram. Um praça foi encontrado destroçado ao lado de uma paraguaia prenhe. Ele arrancara o feto do ventre da morta, provavelmente assassinada por ele mesmo. Muitos soldados esfolam fetos e crianças de colo para, com a pele tenra, fazer bolsas para o tabaco. Aonde chegamos? Terei permissão para rogar a Deus? Terei a Sua permissão para rezar? Só o senhor pode me dizer, meu pai. Sou um condenado? O praça foi desmembrado como se retalhado por uma fera. Tinha marcas de garra em todo o corpo. E eu despertei de novo num banhado em sangue. As cartas de minha mãe reapareceram, mas recuso-me a responder a elas. Como manusear o delicado papel de carta de minha santa mãe se eu tenho as mãos sujas de sangue? Amaldiçoo o senhor, por ter feito de mim o que sou, e depois o bendigo, por ter-me enviado para o conflito! Ou foi a guerra? Sou a cria desta barbaria sem fundamento, que nada significa? Sou o rebento do caos? A criança morta no ventre da mãe? Ou o espectro do que deixei de ser? Talvez eu seja o fantasma do que jamais serei. Ou eu mesmo engendrei o mal de que padeço? Quando penso em escrever aos meus, e escrevo, mal reconheço a minha caligrafia: minhas mãos tremem, desajeitadas, mais afeitas à espada do que à pena. São páginas viradas da minha consciência, que chafurda na lama desta guerra suja. Minha situação é inominável. Meu fim não deve tardar, mas quem é capaz de deter a besta que temos dentro de nós? Sou desprezível como o cão que morde a mão que o afaga! Sou uma serpente condenada a vagar e rastejar sobre o próprio ventre. Quisera eu ter minha mãe por perto, para, como fez a Virgem no paraíso, esmagar a minha cabeça. Meus pensamentos são um labirinto, neles me perco. As feras têm consciência de que matam? Peço que reze por mim, meu pai.

*Teu filho,
Casimiro, alferes Benato, 8º Batalhão de Cavalaria*

Meses e meses se passaram.

Casimiro já não lamentava a ausência de Francisca. Sentia que fora melhor assim. Receava feri-la ou mesmo matá-la num de seus acessos. Depois da tomada de Assunção, arranchado na capital, viu-se enredado na teia política das armas. Caxias dera seu trabalho por encerrado. Tinha 65 anos, estava cansado. Arquitetara a **dezembrada** e fincara as bandeiras aliadas na capital inimiga.

Para ele bastava, mas sempre há de existir um novo general. E, dessa vez, vinha um com foros de nobreza. Ninguém menos que o genro do imperador Pedro II, marechal Gastão de Orleans, **conde d'Eu**.

Casimiro foi levado à sua presença.

— Conhece-me, senhor alferes?

— De nomeada e de fama, senhor marechal.

— Eu soube dos teus atos e dos teus soldados. Lutaste em Tuiuti, Humaitá, Itororó, Avaí, Lomas Valentinas. Sobreviveste à Linha Negra.

Tantos nomes, lugares diferentes que pareciam a Casimiro um só, uma massa informe de manobras, fuligem, cheiro de pólvora e sangue pisado.

— Fiz o que devia, senhor.

— Um homem que acha que seu dever é sobreviver pela sua pátria... Folgo em saber. É isso que faz um soldado ainda mais valoroso. Porque é na vida, e não na morte, que está a verdadeira glória!

— Sim, senhor.

— O senhor está promovido a tenente. Tenente de infantaria. Terá o comando de um pelotão.

Casimiro ficou surpreso.

— Há outros mais capazes.

— Não, não há — garantiu o conde, para em seguida ajuntar —, mas há alguém aqui que, tenho certeza, o senhor gostará de rever.

O conde abriu a porta do prédio oficial que ocupava com sua *entourage*. Qual não foi a surpresa de Casimiro ao avistar o cônsul inglês, seu velho conhecido!

Sir Richard Burton estendeu a mão a Casimiro.

— Senhor tenente.

Casimiro tomou sua mão.

— Senhor cônsul.

— Há que tempos, tenente.

O olhar inteligente do inglês perscrutava Casimiro.

— Sei que já se conhecem — disse o conde. — *Sir* Burton me falou muito a seu respeito, tenente. Aceita um cálice de conhaque?

Casimiro assentiu.

— Tenho uma missão a si e aos seus camaradas.

— Uma missão, senhor?

— Esta guerra já durou tempo demais — continuou o conde. — O imperador está impaciente. O caso é o seguinte: o senhor e seus camaradas vão formar um batalhão de elite.

— O que vem a ser isso, se me permite a pergunta? — perguntou Casimiro, intrigado.

— Os melhores homens do meu exército.

Casimiro achou graça daquele "meu exército". O conde acabara de chegar e já se dava ares! Aquele era o Exército de Osório, de Caxias! Ele sorriu a contragosto, o que não deixou de ser notado pelo comandante.

— A opinião pública já se volta contra nós — continuou o conde, meio ofendido. — Decerto já sabe que as tropas do coronel Hermes da Fonseca foram acusadas de saquear Assunção! Calúnias, naturalmente, mas os mexericos sempre têm mais alcance que a verdade!

"Calúnias?", pensou Casimiro. No caminho até ali, ele vira soldados usando vestidos de mulher roubados às casas da cidade, fazendo micagens, bêbados como nunca. Arrombavam portas a pontapés, roubavam o que podiam. O que não podiam carregar destruíam a coronhadas.

— Saques são consequências da guerra, alferes — observou *sir* Burton, adivinhando seus pensamentos. — Os soldados perderam amigos, familiares... Querem compensação. Quem somos nós para julgar?

— Seus líderes — disse Casimiro.

— Uma guerra não pode ser vencida — argumentou o britânico.
— De ambos os lados há perdas irreparáveis.

— O fato é que estamos num beco sem saída — cortou o conde d'Eu. — O ditador foi vencido, mas não se dá por derrotado. Sabia que já não estamos na capital do Paraguai? Assunção é só mais uma cidade agora. López decretou Caraguataí, um vilarejo insalubre, a nova capital. A cordilheira será sua corte; seus cortesãos, cabras e bodes... Mas ele não se rende! Ele e a prostituta irlandesa, a Lynch. Brincaram de guerrear, agora brincam de se esconder...

Que brincadeira perversa, pensou Casimiro. À custa de milhares de vidas...

— López apanhou a irlandesa nos guetos de Londres — falou o marechal. — Tirou-a do lodo de onde saem todas as rameiras. De um prostíbulo.

— Não foi o primeiro a se deixar envolver por uma mulher bonita — disse o inglês. — Nem será o último...

— O inferno está cheio de tipos como esse... Essa Cleópatra bretã... Sem querer ofender, *sir* Burton...

— Não ofende — tranquilizou-o o inglês.

— Essa Helena guarani — continuou o conde — o convenceu de que ele era um Napoleão. Aquele povo ignorante endossou essa tese esdrúxula, e agora nós temos um piolho a matar, escondido debaixo dos lençóis, causando uma coceira danada!

Sir Burton, com um olho fechado, examinava o interior do seu cálice com interesse. Depois o ergueu, para observá-lo através da luz que entrava pela janela.

— Está disposto a acabar com esse teatro de variedades de mau gosto, senhor tenente? — finalizou o conde.

— Sou um soldado, senhor, cumpro ordens — respondeu Casimiro.

— Folgo em saber.

— Qual será minha missão? Se vossa alteza me permite a pergunta.

O conde d'Eu serviu mais conhaque a Casimiro:

— Perseguir e matar Solano López.

— Está mudado, alferes — disse o cônsul, apertando o passo para alcançar Casimiro, que saíra antes dele.

— Quatro anos a mais.

— Não é só isso.

Casimiro se deteve. Poucos metros à frente, uma casa ardia. Um soldado da cavalaria saiu de lá com uma cadeira estofada, toda chamuscada, mas inteira.

— Foi ideia sua, senhor cônsul, indicar-me para caçar López?

— Só o senhor seria capaz de desempenhar tal missão. Esta guerra precisa acabar.

— A mim é que diz isso? — perguntou tristemente. — Mas não respondeu à minha pergunta. O senhor me indicou por causa da minha... condição?

— Sim e não — respondeu sem rodeios. — Não fosse o senhor quem é, eu jamais pensaria no seu nome.

— Os meus homens correrão um grande risco.

— Já há tropas brasileiras na cordilheira. Não estarão desamparados. O senhor há de lembrar que, naquele nosso distante encontro, eu mencionei que esta guerra terminaria em guerrilha.

Casimiro assentiu.

— É o que está acontecendo — continuou o cônsul. — E uma guerrilha não tem fim. Se não cortarmos a cabeça da cobra, ela continuará a picar.

— "Cortarmos"? O senhor fala em nome do meu país ou do seu?

— Esta guerra não interessa a mais ninguém, tenente. Decerto já ouviu falar do Espadín.

Casimiro conhecia o lugar de fama. Era um acampamento no meio da selva, destino de mulheres e crianças, as famílias dos inimigos de Solano López.

— É para onde vão os familiares dos acusados de conspiração, que são arcabuzados. De costas — continuou *sir* Burton —, porque não merecem encarar a morte. Todos os seus bens são confiscados e suas famílias são condenadas ao degredo. O destino das prisioneiras é a morte por inanição.

Casimiro escutava em silêncio.

— O tirano também gosta de torturar — continuou o cônsul. — Coloca as mulheres no cepo, nuas, e as deixa queimar ao sol. As que têm sorte morrem logo, lanceadas.

Casimiro ficou em silêncio.

— Por que me diz essas coisas?

— Senhor tenente, tenho outro assunto a tratar. Soube que o senhor travou contato com uma prisioneira paraguaia...

Casimiro estacou.

— Francisca! O que o senhor sabe dela?

Sir Burton hesitou.

— Rogo-lhe que seja franco! — pediu Casimiro.

— Ela foi capturada a caminho de Corumbá.

Casimiro conteve um grito.

— Pelos nossos aliados?

— Pelo inimigo, tenente.

O cônsul britânico viu que só a duras penas Casimiro conseguia conter-se.

— O que aconteceu?

— Uma tropa desgarrada de López surpreendeu o piquete que levava a senhorita Garmendia. Os soldados da escolta foram mortos.

— Não houve sobreviventes?

— Além de dona Francisca? Improvável. Não podiam levar prisioneiros, seriam apenas bocas a mais. Enfiaram-se mata adentro. Decerto chegaram à cordilheira por caminhos desconhecidos, abrindo picadas no mato. É o território deles. Essa maldita geografia! Tivessem um líder decente, não haveria inimigos que pudessem derrotá-los.

Casimiro fez um gesto impaciente. O cônsul continuou:

— Tivemos informações de que dona Francisca foi levada ao Espadín.

O tenente Casimiro Benato marchava à frente da tropa. Sua equipagem consistia num fuzil Minié com baioneta, sandálias de couro e calças reiunas. O jaquetão do Exército fora substituído por um casaco verde-oliva, da cor da vegetação. Atrás dele vinham *sir* Burton e o fiel Aznar com o bacamarte e o cris na faixa de tecido que lhe servia de cinta. Caminhavam em fila indiana porque a picada era estreita.

— Sabe o que foi feito do Treme-terra? — perguntou *sir* Burton. — O seu antigo batalhão se tornou famoso.

— Anzol voltou para o batalhão. Orlando foi morto em Tuiuti, segurando o estandarte. Tobias morreu de infecção. Não deixou que o cirurgião amputasse seu braço direito.

— Uma grande perda — lamentou Burton. — De resto, todo o batalhão foi desmantelado. O capitão Felinto passou a abusar da aguardente, e ninguém mais tinha autoridade sobre os homens.

— Não me surpreende. Meu antigo batalhão de cavalaria também foi desfalcado. Perdemos o nosso Obá.

— O príncipe negro — disse *sir* Burton. — Outra figura legendária. O que aconteceu de fato?

— Ele... perdeu o juízo. Ou não... Quem há de saber?

— Dom Obá presenciou algum sintoma de sua... condição? — perguntou o inglês, cauteloso.

— Ele viu, senhor cônsul — adiantou Casimiro. — Ele viu o horror. — Casimiro alisava o punho gasto do sabre. — A desgraça me segue de perto — ajuntou.

O inglês bebeu um gole de seu cantil.
— A todos nós. Maldita guerra.
— O nosso Obá deu baixa como alferes. Eu me orgulho de ter lutado ao lado dele.
— Fico feliz em saber.
— Aliás, senhor cônsul — disse Casimiro —, posso saber seu segredo? Como se mantém tão bem informado? Não me consta que tenha conhecido o meu amigo Obá.
— Minha rainha tem boas relações com o seu imperador.

Súbito, Casimiro meneou o queixo à maneira dos cães quando erguem o focinho para farejar e levantou o braço. Pararam. Aznar engatilhou a arma.
— São dos nossos — disse Casimiro.

Chico Diabo, seguido por Antônio, apareceu na picada.
— Uma carnificina lá adiante — disse o primeiro.

A cerca de quinhentos metros, jaziam seis corpos enforcados. Os galhos das árvores pendiam ao peso, e os pés calcinados balouçavam sobre fogueiras apagadas.
— Se não morreram do pescoço quebrado — observou Chico Diabo —, morreram sufocados. Não chegaram a queimar, o fogo foi apagado antes.
— Foram torturados — disse Casimiro. — Depois abandonados à própria sorte.

As cinzas no solo estavam frias. A pele esturricada das pernas pendia como casca de milho. O clima seco da altitude havia preservado os corpos, dando-lhes o aspecto de múmias.

O comandante do 2º Corpo do Exército, general **Vitorino Monteiro**, ordenou que os mortos fossem retirados de lá.
— Isso é coisa de López — disse o cônsul. — Estamos no caminho certo.
— Como o senhor sabe? — perguntou Antônio, penalizado.
— Tortura inútil. É o método dele.

Mais à frente, depararam com um novo corpo, de pé. Havia sido empalado. O pênis e os testículos foram extirpados e enfiados em sua boca.

— Custódio — reconheceu Casimiro.

O empalamento, seguido da humilhação, era a pena para homens como ele.

— Quem mandou servir de mulher aos outros? — disse entredentes Chico Diabo.

— Respeita os mortos — disse Casimiro.

Antônio tirou o boné.

— Coitado do infeliz... Custódio era um bom rapaz. Que Deus o tenha em Sua santa graça.

Casimiro mandou que dois praças dessem um enterro cristão aos mortos.

— Tenente — chamou um anspeçada, aproximando-se com um pedaço de chita nas mãos. Era do vestido florido de Francisca.

— Eles estão mesmo com tua paraguaia — observou Chico Diabo.

Os aliados tiveram notícia de que López enfiava-se território adentro. Agora estava em Cerro Corá. A ordem era atacar de todos os lados, mas o penoso acesso à vila era uma defesa natural.

O general **Correia da Câmara** em pessoa veio ver Casimiro. Os soldados se perfilaram, alguns em mangas de camisa. Era um velho militar orgulhoso de seu fardamento, que conservava asseado em meio à lama. *Sir* Burton estava ao lado dele, verificando os mapas da região.

— O cônsul me disse que os seus homens estão preparados, tenente. Confere? — perguntou o general.

— Sim, senhor — respondeu Casimiro. Tudo o que queria era acabar com aquilo e ter Francisca de novo em seus braços.

— Sei que interesses pessoais movem sua busca — disse o general —, mas saiba o senhor que os interesses do Império vêm em primeiro lugar.

— Tenho bem clara em mente a minha missão.

— Estamos perseguindo um fantasma, tenente — continuou Câmara. — Temos batedores, mateiros e todo o nosso Exército atrás de um homem só. O problema é que esse homem personifica o inimigo. Seu povo está cansado, exaurido. Se ele desaparecer, tudo acaba.

— Sim, senhor.

Sir Burton pigarreou, como se pedisse licença.

— Com sua permissão, general, sua majestade o imperador quer Solano López com vida.

— Dos assuntos do meu país trato eu, senhor cônsul.

Sir Burton fez uma ligeira reverência.

— Sem dúvida, senhor.

O general continuou, de mau humor.

— Como eu dizia, senhor tenente, sua missão agora é deter a fera — olhou para o cônsul —, seja de que jeito for.

Casimiro assentiu. O general estava cansado. Tinha os olhos lacrimejantes, a voz enrouquecida pela catarreira do peito. Quando se retirou, arrastava os pés.

À luz da fogueira, todos pareciam mais velhos. Antônio tinha o rosto cheio de fuligem e olheiras fundas. A cara emaciada acusava muito mais que os seus 20 anos. Durante a noite, acendera tocheiros para espantar os mosquitos e ficara acordado em vigília para proteger os cavalos dos morcegos.

— Até a natureza se rebela contra nós — observou o moço.

— Eu quero matar o López com estas mãos — disse Chico Diabo. — Depois vou arrancar as orelhas dele para fazer um colar.

— A ordem é trazer o tirano vivo — lembrou Casimiro.

— Ele não há de se entregar, tenente — disse o Diabo. — Vai matar a si antes de se render e fazer o mesmo com os filhos e com a rameira.

— Heresia — persignou-se Antônio. — Matar os filhos...

— Ele já fez o mesmo ao país dele... Não há de nascer um fio de grama nesta terra por muito e muito tempo...

— Terra amaldiçoada — concordou Antônio.

— A terra nunca é amaldiçoada — falou Casimiro. — O problema é o uso que os homens fazem dela.

— Amanhã vamos subir a serra — disse Chico Diabo. — São léguas e léguas de altitude e abismo até o tal do Espadín. Por mim eu deixava esse mulherio todo morrer lá.

— É nosso dever proteger os paisanos — disse Antônio —, sejam aliados ou não.

— Por mim, que apodreçam — continuou Chico Diabo. — Paraguaio é tudo igual. Essa cordilheira é um ninho de cobras... Estamos dentro do inferno.

— Temos que cumprir nossas ordens... — disse Casimiro sem muita convicção.

Chico Diabo cuspiu no chão.

— Já faz um ano que estamos nesta maldita serra... Enquanto a gente se enfia no mato, o príncipe está em Caraguataí, comendo fiambre e carne fresca.

Antônio deu uma risada.

— O que é que um desgraçado como tu sabes de fiambre?

— Esqueceste que sou açougueiro de profissão? Conheço carne. — E ajuntou, sonhador: — Fiambre do bom desmancha na boca, não precisa nem mastigar...

— Depois de Campo Grande esta guerra não tem mais valia — interrompeu Casimiro. — Está na hora de acabar.

— Concordo — disse Chico Diabo. — Sabe o que eu ouvi da boca do general Câmara?

— E tu tiveste acesso ao general? — zombou Antônio.

— Conheci-o quando ainda era capitão, um frangote recém-saído da escola de armas.

Antônio riu, porque Chico Diabo era um notório mentiroso, mas Casimiro pensou que podia ser verdade. Câmara era um general da escola de Osório, líderes que se enfiavam nas avançadas, na frente do estandarte, sem medo, e que davam sua opinião de graça a quem quisesse ouvir, fosse praça ou general como ele.

— O que ouviste, cabo? — quis saber.

— O general tinha acabado de participar da reunião do comando-geral e saiu bufando! — revelou Chico Diabo. — O homem estava possesso. Disse que o príncipe não passa de um rapazola, um "pobre rapaz que tem tanto de soldado quanto eu de frade!". São palavras dele, não minhas. E falou mais, disse que o fidalgo "vem qual barbeiro novo aprender a fazer a barba na cara dos tolos"... E os tolos somos nós!

— Políticas — disse Antônio, com desprezo.

— A boa-nova é que o marido da princesa mandou buscar o velho Osório, que já está fazendo barulho — ajuntou Chico Diabo. — Ele mandou fazer ataque frontal a Sapucaí.

— A esta altura da guerra? — contrapôs Antônio. — Duvido.

— O Diabo tem razão — acudiu Casimiro. — O cônsul inglês me confirmou.

— Esse é outro — resmungou Chico Diabo. — Não confio naquele branquelo. Nem no ordenança dele. Aquela cara redonda me dá ânsia de matar o infeliz.

— Ia ser uma boa luta — disse Antônio. — Tua carneadeira contra aquele facão recurvo dele.

— Ele é nosso aliado — observou Casimiro. — E vai marchar do nosso lado.

— O peste mal fala a nossa língua! — rosnou Chico Diabo.

— São ordens do general Câmara — lembrou Casimiro. — Quer discutir?

Chico Diabo não retrucou, mas quis saber:

— Quem vai liderar o piquete na serra?

— O general em pessoa — disse Casimiro.

No dia seguinte, estavam de pé antes da primeira luz. A subida da serra, como previu Chico Diabo, foi penosa. Mesmo a parca equipagem que carregavam atravancava seus passos. No caminho, depararam com uma vala onde jaziam mais de trinta cadáveres, entre mulheres e crianças. O fedor era insuportável.

— Quem são essas infelizes? — perguntou Antônio penalizado, mais para si mesmo do que para outrem.

— São as destinadas de Solano López — respondeu Casimiro, sombrio.

— Foram mortas a lançadas, a maioria degolada — informou o Diabo, debruçado sobre a vala. — Os carrascos do ditador decerto não têm mais munição que dê para todos.

Francisca estaria entre as mortas? Tentando disfarçar a indignação, Casimiro mandou enterrar os corpos.

— Dona Francisca não está aqui, tenente — disse Antônio. — Eu mesmo olhei.

Casimiro assentiu, agradecido e aliviado. Chico Diabo se aproximou, querendo saber:

— Os mateiros disseram se falta muito para chegar ao rio? O acampamento fica na beira do Iguatemy...

Quando chegaram às imediações do rio, a noite já caía. Foram surpreendidos por um grito estarrecedor: era uma mulher que avançava com uma criança ao colo. Vestia andrajos que, à sombra do crepúsculo, assemelhavam-na a um fantasma. Ela avançou, sem dizer palavra, mais morta do que viva, e depositou a criança nos braços de Antônio, que largou o fuzil para ampará-la.

— Ajudem essa mulher! — ordenou Casimiro.

— Tenente! — murmurou Antônio, horrorizado. — Esta criança já não vive!

Casimiro se aproximou do pequeno e sentiu um cheiro acre. O mirrado cadáver já apodrecia. Por quantas léguas aquela mulher carregara o filho morto?

Escutaram então outros gritos. Da floresta, que agora estava em pleno breu, saíram inúmeras mulheres desesperadas, verdadeiros espectros a gritar de agonia. As faces cavadas revelavam dias de fome; os corpos eram puro osso. Nas mãos, tinham anéis e pulseiras, resquícios da riqueza anterior, que ofereciam aos soldados em troca de comida, aos gritos. Crianças vinham atrás, bestificadas pela inanição. Mal conseguiam chorar. Algumas caíam e arrastavam as barrigas inchadas na terra, como répteis. Amparando os menores, Antônio mal podia conter as lágrimas. Um pequeno duende, com as costelas à mostra, agarrou-se às pernas de Chico Diabo.

— Me larga, animal! — disse, dando um repelão à criança, que ficou chorando baixinho. Casimiro se adiantou.

— Dá a tua marmita a ela — ordenou Casimiro, ao mesmo tempo que entregava o alforje a uma mulher sedenta.

A contragosto, Chico Diabo obedeceu. Estendeu à criança sua ração de farinha e carne, mas ela não se mexeu. Ele hesitou, e Antônio tomou seu lugar. Acocorou-se ao lado do menino, que, transido de pavor, o encarou com medo. Antônio tentou colocar com a mão um bocado de pirão em sua boca, mas a comida rolou pelo queixo macilento. Os olhos amedrontados o encararam mais uma vez e fecharam-se docemente.

— Deixa — disse o Diabo —, essa criança está mais morta que a outra.

Mesmo enfraquecidas, as mulheres marcharam atrás dos soldados até a vila. Na retaguarda, iam alguns praças armados, mas esse cuidado era demasiado. Não havia mais soldados inimigos na mata. Os poucos que restavam, famintos e maltrapilhos, entregavam-se aos montes às tropas aliadas. Destacando-se da penúria ao redor pelo talhe nobre e elevado, uma francesa parecia a líder das refugiadas. Casimiro já falara com ela, que assegurara que Francisca Garmendia não esteve no campo. Era uma presa preciosa demais para López, que a levava consigo.

— Dizem que dona Francisca está à mercê da irlandesa, senhor tenente — falara dona Dorothea, esse era seu nome, ao tenente. — Eu não invejo a sorte dela.

Conduzida por Casimiro, ela agora estava diante do comandante-geral.

— Como é o seu nome? — inquiriu o conde d'Eu.

— Dorothea Duprat de Lasserre, senhor.

Perfilada e digna, apesar do abatimento de suas feições, a estrangeira estava diante do conde d'Eu e do general Câmara. Casimiro e o cônsul Burton estavam sentados em duas cadeiras de pau-preto, nos fundos da sala. O general aproximou dela uma poltrona estofada, milagrosamente salva das pilhagens, em que ela se sentou, agradecida.

— Tem condições de falar? — perguntou o conde.

— Sim, senhor — respondeu a mulher. — Já comi e descansei. Eu preciso falar. Tenho informações que podem ser valiosas.

— A senhora não é paraguaia nem brasileira, decerto — observou o general Câmara. — Apesar de dominar os dois idiomas.

— Sou de nacionalidade francesa, senhor — e, dirigindo-se ao conde —, como sua alteza. O tirano matou todos os homens da minha família e nos abandonou para morrer de fome.

— Pelo jeito, quase conseguiu — disse o conde. — Como puderam sobreviver tanto tempo?

— Comemos rãs, lagartixas e sapos que conseguíamos apanhar, e uma e outra carcaça de burro, que os caiuás nos vendiam a preços exorbitantes.

— Eis o **bom selvagem** de Rousseau — disse o conde, jocoso. — Logo a mandaremos para Assunção de trem, senhora. E não se preocupe: temos víveres e roupas para todas as mulheres.

Agora, diante do conde d'Eu, à medida que ela falava, o ordenança real fazia anotações.

— Tudo isso vai para a ordem do dia. O imperador há de ficar satisfeito — disse o conde, esfregando as mãos. — Vou limpar esta terra de norte a sul!

A porta abriu-se com força. O general Osório entrou na sala. Tinha as botas sujas de lama, que não se preocupou em limpar.

— General Osório, a que devo a honra? — saudou o conde.

— À guerra, alteza — respondeu o velho militar, de modo incisivo. — Quem é essa?

— Madame de Lasserre, prisioneira do tirano — apresentou-a o conde num gesto galante. — Foi espoliada de todos os seus bens. O imperador há de ficar satisfeito com o testemunho dela. Todos os estrangeiros em Assunção foram roubados pelo ditador. Em seguida, fuzilados. Isso há de amenizar a opinião estrangeira a respeito dos aliados, principalmente a dos Estados Unidos. Eles nos veem como agressores.

— Senhor marechal, não estou aqui para falar de política. Com sua licença, senhora.

O general indicou a porta. Madame de Lasserre olhava-o com surpresa. Ainda enfraquecida, prontamente auxiliada por Casimiro, ergueu-se e saiu, muito digna.

— Que forma de tratar uma dama, general — ironizou o comandante. — O senhor é mesmo uma personalidade curiosa. Bem que o general Câmara aqui havia me alertado.

Câmara parecia envergonhado. Limitou-se a devolver o olhar pouco amistoso de Osório.

— Não vim a si para rapapés, alteza — disse o recém-chegado. — Devemos ir atrás de López. Um espia acaba de me garantir que ele está isolado em Cerro Corá, com pouco mais de cem homens mal-armados. O tirano tem três carros cheios de sal e carne, que prefere deixar apodrecer a dividir com seus homens famintos. Chegou a hora.

— Tenho uma força-tarefa que realizará essa missão, senhor general.

— Sei. A força-tarefa do inglês — rosnou Osório, com desprezo. — Já fui apresentado ao tenente Benato noutra ocasião.

Casimiro, que estava perfilado desde a entrada do legendário comandante, assentiu.

— É uma honra, senhor, e eu estou mais uma vez às suas ordens.

— Você está muito além das minhas ordens, soldado.

Em seguida, Osório voltou-se para o conde:

— Declaro que estou à sua disposição, senhor marechal.

— O general Câmara, que veio de Concepción, estará no comando da operação — disse o conde. — O tenente Casimiro, com os seus homens, irá na vanguarda, acompanhado de *sir* Burton, que seguirá como observador. Isso é tudo, general.

Osório perfilou-se, batendo o tacão de sua bota no assoalho, e já ia sair quando, a um chamado do conde, voltou-se.

— Da próxima vez, general, faça-se anunciar.

O general assentiu, com cara de poucos amigos, e saiu.

— Militares brasileiros — disse o conde d'Eu ao cônsul. — Pensam que são vingadores. Não sabem lidar com a autoridade.

Acostumado à dança perigosa da política, o general Câmara continuou calado. O cônsul tampouco falou. Parecia desconfortável, ansioso por sair dali. Assim como Casimiro.

Uma taverna continuava em funcionamento como casa de repasto para os oficiais. Foi para lá que se dirigiram Casimiro e *sir* Burton. Escolheram uma mesa afastada que dava para uma parede sem janelas.

— Aqui está bom — disse o cônsul. — Aprendi a sempre escolher uma mesa de canto, com vistas para a porta. Assim posso ver quem entra e, se alguém quiser me atingir, precisará derrubar a parede.

— Sábia medida — observou Casimiro. — Mas foi para me transmitir esse bom conselho que me trouxe aqui, senhor?

— Sabe que não, tenente.

— Não sei de nada. Apenas desconfio.

— É o seu instinto. Uma espécie de sexto sentido, não é? Sabe quando vai chover, se haverá perigo adiante...

— É a segunda vez que me vê em quase meia década e, pelo jeito, acha que sabe de mim mais do que eu mesmo.

— Vou direto ao ponto, tenente — continuou o cônsul. — Se já era um rapaz inteligente, como pude perceber então, agora é um homem experiente.

— De fato, já vi coisas que gostaria de esquecer. Mas não é possível.

O cônsul pediu vinho e queijo.

— Conhece um fenômeno chamado licantropia? — perguntou o inglês, por fim.

— Não.

— É uma patologia. Uns supõem-na maligna, outros, mero acidente de nascimento. Que costuma acontecer com o sétimo filho homem de uma família sem mulheres.

O cérebro de Casimiro passou em revista seus seis irmãos.

— O mal da licantropia assoma em noites de lua; dependendo da situação, quando o doente fica descontrolado. Talvez seja uma conjunção astral ou um fenômeno cerebral. Ninguém sabe.

Casimiro apertou os olhos. Estaria perdendo a razão?

— Só há uma certeza — continuou *sir* Burton. — É uma herança paterna. O mal passa de pai para filho.

— Meu pai teve somente cinco irmãos.

— Ele foi o sexto?

— Teve um que morreu. Natimorto — Casimiro hesitou. — Meu pai foi o sétimo.

Sir Burton não respondeu. Uma sombra enegreceu seu rosto. Casimiro estremeceu. Teria sido o avô um infanticida?

O inglês pareceu ler os seus pensamentos.

— Na Escócia, onde o fenômeno foi estudado com mais profundidade, dizia-se que as camponesas sufocavam os recém-nascidos em seus cueiros.

Casimiro levou a mão ao punho do sabre. *Sir* Burton, rápido como um raio, segurou seu punho.

— Não se apresse, tenente. Não sou seu inimigo.

— O senhor chamou a mãe de meu pai de assassina!

— Estou apenas levantando hipóteses. Tentando ajudá-lo.

Sir Burton atenuou a pressão no punho do moço.

— Mais calmo?

Casimiro fez que sim. Sentia-se confuso como um peru embebedado.

— Esse mal... tem cura?

— Os parentes dos doentes costumam encerrá-los em celas escuras, acolchoadas com travesseiros, para que não se machuquem. Alguns têm as unhas extirpadas, as presas limadas... digo, os dentes.

— Como se faz a uma fera...
— Ou a um ente querido — ajuntou o cônsul.
Casimiro queria mostrar-se forte.
— Mas esse é o tratamento. O senhor não mencionou a cura.
— Não há. Mas eu sou um leigo no assunto. As ciências naturais não são o meu forte. Escrevi tratados sobre falcoaria, sobre armas e relatos de viagem. Mas nada sei de fisiologia. Um dia há de surgir uma ciência que estude os fenômenos fisiológicos à luz das emoções, das ondas cerebrais. Por ora, só temos dúvidas.
Casimiro assentiu. Depois de breve pausa sob o olhar compreensivo do cavalheiro britânico, levantou-se.
— Ficarei fora de mim um dia? Não serei mais senhor dos meus atos para todo o sempre?
— Pelo pouco que sei, não. Durante as crises, talvez um lampejo de consciência.
— De fato. Serei então uma besta-fera para toda a vida?
— Todos têm uma fera dentro de si.
— Por isso me escolheram?
O cônsul encheu a taça de Casimiro.
— Um brinde, tenente. Ao destino, e à razão, e à sorte, que o rege.

Chico Diabo amolava sua carneadeira com uma pedra arredondada. Ia bem devagar, como se acariciasse a lâmina. De vez em quando, aumentava o ritmo, arrancando faíscas do aço.
— Isso aqui divide um fio de cabelo em dois...
— Nunca mais vou esquecer aquele inocentezinho morto nos meus braços — lembrou Antônio.
— Tu levas jeito com criança...
— Queres dizer o que com isso? — irritou-se Antônio.
— Calma, galinho de briga... — zombou o Diabo. — Guarda tuas forças para quando confrontarmos o ditador. Ainda mais agora que

estamos sem o Obá. Nunca imaginei que o Obá fosse um fracote. Apesar de ser preto, eu respeitava aquele peste.

— Só falas sandices...

— Ora, nada disso importa. É bom preparar a tua Spencer, porque logo, logo a gente vai dar de cara com o ditador. Eu mesmo quero matar o tirano! Meu nome vai entrar para a história!

— Só te preocupas com o que não tem importância, Chico Diabo.

— Só quero é acabar com isto de uma vez. Imagine, ser condecorado pelo próprio imperador? Quem sabe ele me dá uma pensão de Estado para toda a vida? O problema vai ser eu chegar na frente do Casimiro... Ele está doidinho pra botar as mãos no ditador! Será que o López já estuprou a paraguaia dele? Aposto que sim.

— Bate na boca. E chama-o pelo nome: tenente Benato. É a hierarquia.

— Que seja. Mas as informações são verdadeiras. As destinadas que salvamos falaram a mesma coisa que os espias do general Osório. López seguiu para Dourados e está refugiado em Cerro Corá.

Casimiro, que se aproximara, já foi riscando o chão com o sabre, desenhando um funil:

— O cabo Lacerda tem razão. López está instalado com seu estado-maior em Cerro Corá, que tem esse formato.

A ponta do sabre marcou o chão de novo.

— Há somente duas entradas para o cerro; uma a sudeste, entrando pelo passo de Chiriguelo, outra a noroeste, pelo passo de Aquidabán.

— E na outra ponta? — quis saber Antônio.

— O rio Aquidabán, que dá nome ao passo. O 1º Corpo do Exército, liderado pelo general Câmara, vai investir por ali, com a cavalaria e a infantaria. O 2º Corpo, do general Vitorino, vai pelo caminho central, pela picada de Caaguijuru. O ditador vai ficar encurralado.

— E nós?

— Iremos na vanguarda.

Cerro Corá, 1º de março de 1870

Foi noite de lua cheia, clara como o dia.

Quando a tropa recebeu o sinal de partida, por volta de dez horas, a força-tarefa do conde d'Eu já ia adiantada. Eram o tenente Casimiro Benato, o soldado Antônio Feitosa, o cabo Francisco Lacerda, vulgo Chico Diabo, e o representante inglês, *sir* Richard Burton, acompanhado de seu ordenança, o malaio Aznar.

Foram por mata cerrada, abrindo caminho a facão.

Quando chegaram ao Aquidabán, à margem do arroio, viram de sua posição privilegiada três carroções protegidos por guardas armados com fuzis e uma estranha instalação de zinco e madeira, que fazia as vezes de habitação. Ao redor, fogueiras esparsas onde fervilhavam imensos caldeirões de cozido.

— Dou uma pataca a quem adivinhar onde está o ditador — disse Chico Diabo, apontando o barracão com o queixo.

— Ele vive à grande — observou Antônio —, enquanto seu exército padece.

Casimiro apertava os olhos, esquadrinhando o terreno. Foi então que reprimiu um palavrão. Do barracão de zinco saíram dois homens, um soldado baixote e duas mulheres.

— Francisca — murmurou Casimiro, já se erguendo. O cônsul segurou seu braço.

— Eles são muitos, tenente — alertou. — Devemos esperar o reforço.

Casimiro hesitou. Mesmo à distância, López era facilmente reconhecível. Usava o uniforme de campanha com dragonas douradas e um cinturão de couro, cuja fivela de ouro ofuscava, apertando uma barriga proeminente, dividindo seu corpo em dois como uma ampulheta. A mulher ia ao lado dele, usando um vestido cuja barra das saias era sustida por um ordenança.

— É a Lynch — adivinhou o cônsul.

Francisca parara poucos metros adiante, também estranhamente bem-vestida. A bruma da noite encobria o soldado que a escoltava, mas via-se que ele tinha nas mãos uma lança.

— Vão matar a mulher — disse Chico Diabo, apontando o cepo onde se via uma corda emaranhada, que um soldado pressuroso tentava desenredar.

— Ela vai ser lanceada! — exclamou Casimiro, levantando-se num salto, enfiando-se mata adentro.

— Tenente! — gritou o cônsul, mas era tarde.

Ele já desaparecera na mata e fora seguido por seus homens, ao mesmo tempo que se ouvia a detonação de um canhão La Hitte. A carga, a sudoeste, atingiu o acampamento de surpresa, e foi secundada pela infantaria aliada, que avançava. Os soldados paraguaios, pegos de assalto, ensurdecidos pelas explosões, buscavam as armas, equilibradas em tripé pelas baionetas. Os que tentavam fugir caíam aos montes, atingidos pelas clavinas da artilharia.

Uma nuvem encobriu a lua, escurecendo a visão. Os soldados guiavam-se pelo clarão das explosões de obuses. Chico Diabo e Antônio, seguidos de perto por *sir* Burton e seu ordenança, chegaram ao vale quando a debandada era geral. Abriram caminho a golpes de sabre pela soldadesca ensandecida até o barracão.

Francisca Garmendia fora ferida de lança na cintura, de onde o sangue jorrava. Estava aterrorizada, mas não pelo ferimento por onde se esvaía. Tinha os olhos fixos num torvelinho humano, onde, na quase total escuridão, uma criatura inumana erguia o seu carrasco pela cintura, rasgando-o em duas partes como se fosse de papel.

Solano López, aterrado, erguia debilmente seu sabre, protegi-

do pelo praça baixote e dois coronéis. Mesmo vendo aquela aparição, Chico Diabo abriu caminho com sua carneadeira.

— O ditador é meu, Casimiro! — gritou o açougueiro.

O soldado que protegia López foi jogado a metros de distância pelo choque da fera e, quando caiu, viu-se que sua barba estava dependurada pela orelha: era postiça. Outro soldado que não passava de uma criança. Com dois golpes rápidos, Diabo afastou um dos oficiais, mas estacou.

A criatura que os antecedera estava frente a frente com o ditador, que, persignando-se com a mão esquerda, tentou acertar-lhe com o sabre. A pontada não fez mais do que intrigar a criatura, que ergueu López nos braços e, abrindo a bocarra, enfiou a cara em sua barriga, gritando horrendamente. Quando afastou de si o corpo do chefe da nação paraguaia, a criatura estava banhada em sangue. Ainda havia vida no corpo de López, que, em choque, tinha os últimos estertores. A enorme criatura ergueu o corpo acima da cabeçorra e jogou-o no rio. Depois desapareceu.

Sem hesitar, Chico Diabo entrou no arroio e, com a água pelos joelhos, enfiou a lança comprida no peito de López. A fim de libertar a lança, cuja ponta ficara presa no esterno do ditador, Chico Diabo empurrou-o com um pontapé. O corpo de López caiu de borco na água. O general Câmara, que vinha a cavalo, ordenou que ele parasse. Diabo ergueu o ditador pelos cabelos.

— O bicho chegou primeiro, mas eu dei o golpe de misericórdia! — gritou exultante. — Matei Solano López!

Aterrado, com os olhos fixos na carnificina, Antônio mal percebeu que estava ferido. Fora um golpe na cabeça, causado por um estilhaço de obus. Quase inconsciente, cortou com o punhal a corda que prendia Francisca ao cepo e amparou-a, com a mão espalmada protegendo-lhe a barriga proeminente. Era o filho de Casimiro, que ele pediu a Deus estivesse ileso.

Na orla da mata, o cônsul alcançou a criatura, que corria para a escuridão, ceifando vidas por onde passava. Seguido de perto por Aznar, que empunhava seu bizarro punhal, ele estacou, porque a fera parara e os observava curiosa. Não eram de animal aqueles olhos, mas também não eram humanos.

— Tenente — disse o cônsul, baixinho. — Casimiro.

A lua voltara a brilhar. A criatura uivou, um som que fez gelar a espinha do cônsul. Ele recuou, aterrado. A fera desapareceu na mata, quebrando a galhada das árvores.

Depois da campanha do Paraguai, já em solo europeu, por muitos anos *sir* Burton haveria de se lembrar daquele grito, que jamais voltaria a ouvir. Era o som ensurdecedor da guerra, o gemido de um corpo cuja alma havia partido, o som oco que reverberava no âmago do peito de um morto.

8

Comando das Forças Expedicionárias. Quartel-general na Vila da Conceição, 13 de março de 1870. Relatório Secreto de Guerra.

A sua alteza, o conde d'Eu

Neste ano da graça de 1870, posso afiançar a vossa excelência que meus olhos presenciaram o indizível. Acrescento estas maltraçadas ao relatório oficial de mesma data, no qual reporto, ipsis litteris, o que se passou de fato no arroio de Cerro Corá.

Ordenei a nossas tropas que procurassem surpreender o inimigo que defendia aquele passo com duas bocas de fogo e alguma infantaria, marchando pelo mato junto ao passo até ocuparem a margem do rio, donde fariam convergir seus fogos sobre a artilharia, à qual carregariam à baioneta logo que lhe tivessem dizimado os defensores. Determinei-lhes mais que, segundo a natureza do caminho que deveriam percorrer e da mata que deviam transpor, executassem o ataque protegidos pela escuridão da noite.

O regimento secreto viria da mata adjacente, tendo aberto picada por meios próprios. Devo frisar que o referido regimento, composto de um tenente (Casimiro Benato Neves), um soldado (Antônio Feitosa) e um cabo (Francisco Lacerda, cognominado Chico Diabo), tendo ainda por retaguarda um oficial da representação britânica, sir Richard Francis Burton, acompanhado de seu ordenança, um oriental de má catadura proveniente da Malásia, não se reportou a ninguém quando do ataque, decidido por livre e espontânea vontade, no calor da expectativa da iminente refrega.

Resgatou-se ainda uma mulher paraguaia, caucasiana, por batismo Francisca Garmendia, prisioneira do tirano, bem como inúmeras outras famílias que, forçadas, acompanhavam as forças do ex-ditador.

Na hora azada, mandei fazer o toque de avançar. Aos lanceiros tinha eu ordenado que, logo que invadissem o acampamento do ex-ditador, contornassem-lhe os flancos e tomassem a estrada do Chiriguelo. A tropa do general Vitorino Monteiro, composta de cavalaria e artilharia, viria de Aquidabã.

A tão aguerridos perseguidores não pôde o tirano fazer face. Os generais **Silva Tavares** *e Vitorino Monteiro não lhe deram tempo de respirar. Às margens do arroio, foi-lhe ordenado que se rendesse. Respondeu com golpes de espada. Seu filho, meninote de 15 anos chamado Juanito, usava barbas postiças para parecer mais velho, bem como inúmeros outros rapazolas e crianças que lhe faziam a guarda pessoal. Não temos orgulho de ter combatido crianças, mas elas vinham armadas.*

Aqui começa o relatório secreto que, rogo, permaneça em caráter privado, protegido da sociedade civil, por seu caráter misterioso. Em meio à contenda, uma criatura causou inúmeras baixas ao inimigo e, sozinha, despedaçou, repito, despedaçou feito uma fera inumana o ditador em pessoa, arrancando-lhe as entranhas a dentadas, tendo primeiro partido em pedaços o lugar-tenente do tirano, um major que pudemos reconhecer apenas pelas divisas, pois a cara ficou irreconhecível, tal o grau dos seus ferimentos.

A estrada que percorreu a criatura, homem ou fera, cujo negrume da noite impossibilitou melhor reconhecimento, ficou juncada de cadáveres.

O nosso prejuízo, apesar de sensível, foi insignificante.

Eu reclamo a atenção de vossa excelência para as partes dos comandantes de divisões, brigadas e corpos que acompanharam a expedição e que juraram sobre a bandeira pátria guardar segredo do ocorrido, bem como das circunstâncias misteriosas da morte do marechal Solano López. Todos são dignos do apreço de vossa excelência.

Deus guarde a vossa excelência.

Brigadeiro José Antônio Correia da Câmara

Comando em chefe de todas as Forças Brasileiras em operação na República do Paraguai. Quartel-general na Vila do Rosário, 15 de março de 1870.

A sua majestade o imperador dom Pedro II

Augusto senhor,

Dando seguimento à ordem do dia nº 45, as forças comandadas pelo excelentíssimo senhor general José Antônio Correia da Câmara acabam de pôr termo glorioso à luta há tanto tempo sustentada pelas armas brasileiras. Anexo relatório do brigadeiro Câmara, em que esclarece desvãos obscuros dos nossos relatórios anteriores.

Recomendo a mui augusto senhor que o teor da missiva original do brigadeiro Câmara seja mantido como segredo de Estado e encerrado na Arca do Sigilo do Instituto Histórico e Geográfico Brasileiro. E que este relatório tenha o mesmo destino: os cofres da nação.

Deus guarde a vossa alteza.

Marechal Gastão de Orleans — conde d'Eu,
Comandante em chefe

Santos, São Paulo, 21 de abril de 1870

Meu caro Z...

Sua alteza imperial o conde d'Eu, com aquele devotamento aos interesses de seu país de adoção que sempre lhe caracterizou a carreira, prontificou-se a destruir os arquivos secretos da Guerra do Paraguai, mormente

o trecho em que os envolvidos descrevem a morte do marechal-presidente Solano López por uma criatura desconhecida.
Minha tarefa chegou ao fim. E, com os lamentos de quem parte, digo-lhe — Adeus!

Sir Richard Francis Burton,
Súdito fiel de sua majestade a rainha

À minha mãe, excelentíssima senhora Benato Neves (dona Amorosina)

Senhora amantíssima, dona do meu coração, luzeiro de minh'alma,

Sei que fizeste, cara mamã, jejum durante os quatro anos da minha campanha no Paraguai. E que dormiste em catre duro, no chão, tendo se recusado a partilhar a cama com meu pai. Não te sentia digna de leito macio enquanto teu filho padecia os tormentos da guerra.
A campanha, minha mãe, fez-me homem. Não me tornei uma besta-fera, graças ao teu amor e ao amor da mulher que conheci e aprendi a amar, de quem omito o nome por uma questão de segurança. Comigo e com ela segue o nosso filho, que batizei em tua homenagem. Desapareço por amor a ti. Comigo vão-se as aflições de meu pai; carrego comigo a semente da esperança, na pessoa inocente do teu neto. Reze por ele, que nada sabe de violência, maldição e guerra.

Teu filho,
Casimiro

Ushuaia, Patagônia, Argentina

— Enviaste a carta, **Antônia**?
— Fiz o que me mandou, tenente.
— Não me chame de tenente.
— Sim, senhor.

Casimiro pediu para ficar sozinho. Um imenso *iceberg* se descortinava à sua vista.

Com o pequeno Amorosino no colo, Francisca se aproximou da ama.

— Seu marido pediu para ficar sozinho, senhora — disse Antônia.
— *Tengo miedo* de tanta melancolia... Estás *bién*, Antônia? Pareces enjoada. Há de ser o balanço do navio.
— Sinto frio. E esse vestido me atavia os movimentos. Desacostumei.

Francisca ajeitou o pequeno coque da amiga, carinhosa.

— O cabelo está crescendo. Estás *muy linda*.
— Posso fazer uma pergunta, senhora?
— Me chama de Francisca.
— Francisca. Como percebeste que eu era... que eu não era de fato um homem?

A paraguaia sorriu.

— Quando costuraste *los botones* da camisa do lado *derecho*. *Los hombres* abotoam-se pelo esquerdo. Dizem que para *no* limitar o movimento da *mano derecha* ao desembainhar a espada.
— Um simples detalhe poderia pôr tudo a perder...

— *Jamás* revelaria *tu* segredo. *Una mujer no* teria chance na guerra.
— Por isso me alistei como homem. Queria lutar pelo meu país, mas não permitiram. Contudo, sobrevivi.
— Um milagre. Vimos *muchos* milagres nessa guerra...

O olhar doce de Francisca acompanhou o marido, que caminhava solitário na proa do navio. Decerto pensava no que iam fazer quando aportassem. Porque ele jurara, com a mão no coraçãozinho do filho, que eles viveriam o dia de hoje. "O amanhã *no* pertence a *nosotros*", Francisca dissera. E Casimiro concordara.

POST SCRIPTUM

Este livro não teria sido possível sem *As reminiscências da campanha do Paraguai, 1865-1870* (Rio de Janeiro, Biblioteca do Exército, 1980), do general Dionísio Cerqueira, a quem o autor deve muito mais do que a geografia do conflito. Tampouco sem as cartas e os testemunhos de outros combatentes e contemporâneos, em particular *Guerra do Paraguai: memórias de Mme Dorothea Duprat de Lasserre* (Porto Alegre, Reis, Bastos & C. — Tipografia Trocadero, 1893), disponível em: www.brasiliana.usp.br. Alguns relatórios militares e correspondências foram aproveitados quase integralmente, como trechos do *Diário do Exército: campanha do Paraguai, 1869-1870* (Rio de Janeiro, Biblioteca do Exército, 2002), de visconde de Taunay, e excertos das *Cartas dos campos de batalha do Paraguai* (Rio de Janeiro, Biblioteca do Exército, 2001), de *sir* Richard F. Burton.

GLOSSÁRIO HISTÓRICO

A história de Casimiro tem como pano de fundo a Guerra do Paraguai (1864-1870), um dos mais importantes conflitos internacionais nos quais o Brasil já se envolveu. Essa guerra se insere nos chamados Conflitos Platinos, que se iniciaram em 1816 e têm como mote a disputa de terras na região do rio da Prata, cujo domínio fora reivindicado por quatro países recém-independentes e em formação — Argentina, Brasil, Uruguai e Paraguai. A Guerra do Paraguai foi o mais longo embate e, pela sua gravidade, colocou fim às disputas e configurou as fronteiras.

Independentemente das razões, o longo e severo conflito trouxe importantes consequências para todos os países — e povos — envolvidos.

Anspeçada: nome que se dá, em alguns exércitos do mundo, à primeira graduação militar, inferior ao cabo. No Brasil, o termo caiu em desuso no início do século XX.

Antônia (1848-1867): Antônia Alves Feitosa, cearense, mais conhecida como Jovita Feitosa. Foi voluntária na Guerra do Paraguai, o que lhe rendeu fama e homenagens. Tocada pelo clamor patriótico, a jovem cortou os cabelos, vestiu roupas masculinas e alistou-se entre os Voluntários da Pátria. Disfarçada, conseguiu ser incorporada como sargento e chegou ao Rio de Janeiro, onde uma mulher distinguiu seus traços femininos, mas Jovita insistiu em participar da batalha. Há estudos que defendem sua participação na guerra; outros dizem que lhe foi oferecido participar do Corpo de Mulheres que acompanhava a tropa, posição que ela rejeitou. Em ambos os relatos, no entanto, Antônia ficou no Rio de Janeiro, onde, motivada por uma depressão profunda, cometeu suicídio.

Bacamarte: antiga arma de fogo de cano largo e em forma de sino.

Baioneta: arma branca pontiaguda que se adapta ao cano de fuzil ou espingarda e pode ser usada no combate corpo a corpo.

Boleadeira: arma muito utilizada na região do rio da Prata. Criada no século XVII, é formada por três cordas unidas; na ponta de cada corda, há uma bola.

Bom selvagem: elaborada pelo filósofo suíço Jean-Jacques Rousseau no contexto do iluminismo francês (século XVIII) e de crítica ao Antigo Regime, a teoria do "bom selvagem" defende que todos os homens nascem bons. A corrupção dessa bondade — a ganância, o egoísmo, etc. — era fruto da sociedade na qual ele era criado, cujas características eram a tirania, a escravidão e o predomínio da vontade de poucos sobre a vontade da maioria. Esse conjunto formava a desigualdade — a grande culpada, segundo o filósofo, das mazelas sociais.

***Cabichuí*:** jornal editado pelo Exército paraguaio durante a Guerra do Paraguai. Era o principal veículo de estímulo às tropas e de combate à Tríplice Aliança (Argentina, Brasil e Uruguai). Seu idioma era o espanhol, mas havia alguns trechos em guarani. Seu nome faz referência a uma espécie de vespa negra selvagem, e suas edições circularam entre maio de 1867 e agosto de 1868.

Caxias (1803-1880): Luís Alves de Lima e Silva, militar brasileiro mais conhecido como duque de Caxias, filho de um dos regentes do Império brasileiro, Francisco de Lima e Silva. Aos 5 anos, ingressou na carreira militar como cadete (o ingresso precoce na carreira era comum em famílias nobres da época). Aos 15 anos, entrou na Academia Real Militar. Sempre ao lado das Forças Imperiais, participou de vários conflitos ocorridos nas primeiras décadas do Império. Na Revolução Farroupilha, já era comandante-chefe do Exército em operações, posto que voltou a ocupar durante os Conflitos Platinos. Na Guerra do Paraguai, foi chamado em 1866 para reorganizar as tropas, o que lhe conferiu grande prestígio dentro e fora do campo de batalha. Depois do conflito, exerceu os cargos de conselheiro de Estado e ministro da Guerra e ajudou a organizar o Exército brasileiro como instituição. Em 1962, por meio de decreto federal, foi nomeado patrono do Exército brasileiro.

Chefe de peça: militar encarregado de gerenciar as "peças" (canhões, metralhadoras, etc.), manuseadas por outros, e de dar a ordem: "Fogo!"

Clavina: espécie de espingarda curta.

Cockney: refere-se à classe operária londrina do East End, especialmente em relação a seu sotaque — mais próximo do irlandês que do britânico.

Colt: revólver popularmente conhecido pelo nome de sua fabricante.

Conde d'Eu (1842-1922): Luís Filipe Maria Fernando Gastão de Orléans, neto do último rei da França, Luís Filipe I, veio para o Brasil por meio de seu casamento com a filha de dom Pedro II, a princesa Isabel. Com o enlace, ganhou o título de príncipe imperial consorte do Brasil. Participou dos conflitos com o Paraguai desde 1865, mas ganhou destaque em 1869, quando se tornou comandante-chefe do Exército aliado. Os historiadores não são unânimes em relação à sua participação. Ao voltar da batalha, apesar de a popularidade de dom Pedro II ainda não estar tão abalada, tornou-se alvo de críticas da oposição republicana. Com o fim do Império, voltou para a Europa com a família real em 1889, onde morreu de causas naturais em 1922.

Correia da Câmara (1824-1893): José Antônio Correia da Câmara, também conhecido como o segundo visconde de Pelotas. Ingressou no Exército aos 15 anos, na cavalaria, e logo foi levado à sua primeira batalha, na Guerra dos Farrapos. Participou dos demais Conflitos Platinos, assim como grande parte do alto escalão da Guerra do Paraguai; nesta, tomou parte especialmente do ataque a Cerro Corá. Em 1870, após o conflito, ganhou a patente de general e o título de visconde. Nos anos subsequentes, seguiu carreira política no Império e depois na República, quando foi nomeado primeiro governador do Rio Grande do Sul.

Cris: adaga de lâmina ondulada.

Dezembrada: nome que se dá às batalhas da Guerra do Paraguai ocorridas em dezembro de 1868. A Tríplice Aliança (Argentina, Brasil e Uruguai) venceu todas, o que foi considerado por diversos historiadores fatal para as forças paraguaias.

Dom Sebastião (1554-1578): rei de Portugal que, conhecido por seu fervor religioso, empreendeu guerras contra as comunidades islâmicas na costa do Marrocos. Desapareceu misteriosamente na batalha de Alcácer-Quibir em 1578, na qual os portugueses foram derrotados. Sua morte causou não apenas uma crise dinástica, pois não tinha filhos, como também deu início ao sebastianismo, movimento milenarista que acreditava na volta de dom Sebastião e na restauração dos valores tradicionais cristãos. No Brasil, um importante líder religioso sebastianista foi Antônio Conselheiro, líder de Canudos. Ele acreditava, na virada do século XIX para o XX, que dom Sebastião voltaria e restauraria a monarquia no país.

East End: nome dado à parte de Londres localizada a leste da cidade nos tempos medievais, quando era protegida por uma muralha. No século

XIX, a área recebeu muitos imigrantes, especialmente irlandeses, que iam a Londres em busca de trabalho. Assim, constituiu-se um polo onde os grandes industriais poderiam encontrar mão de obra barata e, consequentemente, onde floresceram muitas organizações e associações sindicais, como o Partido Trabalhista inglês.

Emílio Mallet (1801-1886): militar brasileiro. Natural da França, chegou ao Brasil ainda jovem com a família. Cursou a Academia Real Militar do Império e optou pela artilharia. Participou dos Conflitos Platinos, em especial da Guerra do Paraguai, na qual comandou o 1º Regimento de Artilharia a Cavalo. Ainda nesse conflito, chegou a comandante-chefe do Comando-geral de Artilharia do Exército e ao posto de marechal.

Floriano Vieira Peixoto (1839-1895): militar e político brasileiro. Natural de Alagoas, foi estudar no Rio de Janeiro, ingressando em 1861 na Escola Militar. Poucos anos depois, foi enviado à Guerra do Paraguai, o que deu início também à sua carreira política. Durante o conflito, alçou à patente de tenente-coronel e foi incorporado ao Exército em seguida. Sua participação política aumenta com suas crescentes oposições ao Império na segunda metade do século XIX. Peixoto, a princípio, opõe-se à rebelião de Deodoro da Fonseca e Benjamin Constant, mas acaba por aliar-se aos revoltosos, participando ativamente da organização do novo regime político. Foi o segundo presidente do Brasil, governando de 1891 a 1894, período no qual ganhou a alcunha de Mãos de Ferro.

Francisca Garmendia (1827-1869): mais conhecida como Pancha Garmendia na tradição paraguaia, era de origem espanhola, filha de Juan Francisco Garmendia e Dolores Duarte. Essa mesma tradição conta que Solano López, antes de conhecer Elisa Alicia Lynch, já se apaixonara por Francisca, a qual resistira a suas investidas. Durante a Guerra do Paraguai, foi acusada de participar de um complô contra o presidente paraguaio e condenada à morte em 1869. É incerto se ela participou ou não do complô; as fontes oficiais (seu julgamento), no entanto, relatam que a acusada confessou a culpa. Ainda hoje é considerada uma mártir pelos paraguaios.

Francisco Lacerda (1848-1893): José Francisco Lacerda, gaúcho, mais conhecido como Chico Diabo. A esse cabo do Exército brasileiro é atribuída a morte de Solano López no cerco de Cerro Corá. Alistou-se entre os Voluntários da Pátria, subordinado de João Nunes da Silva Tavares, também conhecido como Joca Tavares. Sobreviveu ao conflito e morreu repentinamente, de causas naturais, em 1893. Conta-se que seu codinome Chico Diabo veio da infância: sua mãe, ao avistar um vulto chegando à casa nas primeiras horas da manhã, comentou que seria o "diabinho"; esse vulto, no entanto, era Francisco, que voltava à casa dos pais depois de matar seu primeiro patrão, que o agredira.

Hermes Ernesto da Fonseca (1824-1891): militar brasileiro. Político, pai do futuro presidente Hermes Rodrigues da Fonseca e irmão de Deodoro da Fonseca, primeiro presidente do Brasil. Fiel ao imperador dom Pedro II, lutou durante todo o conflito paraguaio, chegando ao fim com a patente de marechal. Continuou leal ao imperador, ao contrário de grande parte do Exército então formado, que se aliou às forças republicanas. Quando da proclamação da República, em 1889, o marechal só apoiaria o governo estabelecido depois da partida da família real para a Europa.

Mitre (1821-1906): Bartolomé Mitre Martínez, militar, político e intelectual argentino. Presidiu o país entre 1862 e 1868. Era defensor do pan-americanismo de Simón Bolívar, que pregava a indivisibilidade do território americano outrora colonizado pela Espanha. Pelas suas ideias, conquistou importantes inimigos políticos, como Juan Manuel de Rosas, político argentino federalista que defendia a independência das colônias espanholas em diferentes repúblicas. Sofreu exílio quando Rosas subiu ao poder, mas voltou em 1852, quando Justo José de Urquiza derrubou o então presidente. Rosas organizou seus aliados e, depois de uma série de conflitos, conseguiu retornar à presidência argentina. No campo intelectual, uma das maiores contribuições de Mitre foi a fundação do jornal *La Nación*, considerado hoje um dos mais influentes periódicos latino-americanos.

Obá (1845-1890): Cândido da Fonseca Galvão, baiano. Negro livre, filho de africanos forros. Seu avô foi o rei Abiodun, último governante do Império de Oyo, na África; por isso seu nome africano Obá ("rei" em sua língua nativa). Apresentou-se para lutar como voluntário na Guerra do Paraguai e ganhou fama e prestígio com sua participação. Ao voltar, estabeleceu-se no Rio de Janeiro, onde se envolveu com questões políticas. Participou do movimento abolicionista e lutou abertamente contra o racismo. Também defendia a monarquia e tornou-se uma espécie de protegido de dom Pedro II. Morreu um ano depois da queda do Império.

Obus: granada explosiva.

Osório (1808-1879): Manuel Luís Osório, mais conhecido como general Osório. Ingressou na carreira militar aos 14 anos, não tanto por vocação, mas por falta de melhores oportunidades, de acordo com o historiador Francisco Doratioto. Chegou a combater contra as tropas portuguesas nas lutas pela independência do Brasil, entre 1822 e 1823, e também em outros conflitos nacionais, como a Revolução Farroupilha (1835-1845). Participou dos Conflitos Platinos, atingindo o posto de general em 1856. Em 1865, foi chamado para organizar as tropas brasileiras que lutariam nos anos seguintes na Guerra do Paraguai. Era reconhecido por sua coragem e pelo bom relacionamento que mantinha com seus subordinados. Em 1866, como agradecimento pelos serviços prestados, ganhou o título de barão de Erval. Participou dos conflitos o quanto pôde, até os momentos finais, quando se afastou por problemas de saúde. Depois, trabalhou como ministro da Guerra entre 1878 e 1879, quando faleceu de causas naturais.

Polidoro da Fonseca Quintanilha Jordão (1802-1879): mais conhecido como general Polidoro. Natural de Santa Catarina, de família militar, participou de vários conflitos brasileiros, entre eles a Revolução Farroupilha, na qual Luís Alves de Lima e Silva, então barão de Caxias, foi seu superior. Também participou da política, ocupando em 1862 a pasta do Ministério da Guerra, no gabinete do marquês de Olinda. Foi requerido pelo general Osório para substituí-lo na Guerra do Paraguai. Depois dos conflitos, continuou a trabalhar no Exército, atuando especialmente como diretor da Escola Militar do Rio de Janeiro. Também recebeu, pelos serviços prestados ao Império, o título de visconde de Santa Teresa.

Quirino Antônio do Espírito Santo (-1865): brasileiro, natural da Bahia. Negro livre, participou das Guerras da Independência (1822-1823), mas não foi incorporado à Guarda Nacional. No início da Guerra do Paraguai, incentivou voluntariamente a formação dos zuavos baianos, companhias de negros livres e ex-escravos que lutaram ao lado da Tríplice Aliança. Ele, pessoalmente, atuou como tenente-comandante da primeira companhia dos zuavos (foram 11 ao todo). Morreu logo no começo da guerra, em campanha, em 1865.

Reiuno: nome que se dava à indumentária (roupas, botas, etc.) usada pelos soldados e recebida como parte do uniforme em exércitos mais antigos.

Silva Tavares (1818-1906): José Nunes da Silva Tavares mais conhecido como coronel Silva Tavares e barão de Itaqui. De família tradicional de Colônia do Sacramento, ingressou na vida militar logo cedo. Participou ativamente dos conflitos na região platina, inclusive da Revolução Farroupilha. Foi promovido a coronel na Guerra do Paraguai, na qual atuou durante todo o conflito, em especial no cerco a Cerro Corá, um dos responsáveis pelo ataque a Solano López. Um de seus subordinados imediatos era Chico Diabo, a quem é atribuída a morte do presidente paraguaio. Depois da guerra, continuou sua carreira política no

Sul. Já na República, liderou a Revolução Federalista de 1893, motivada pela intervenção federal na ingerência dos estados. O conflito durou até 1895, com o fim da rebelião. Manteve-se um político de prestígio até sua morte.

Sir Richard Francis Burton (1821-1890): escritor, explorador, militar e cônsul britânico. Algumas fontes o consideram também espião inglês nos postos onde serviu à Coroa. É um personagem bastante estudado desse período, especialmente pela sua veia de explorador; por isso, conta com diversas biografias. Filho de um oficial do Exército britânico, viveu em diversos países da Europa e aos 20 anos serviu na Companhia das Índias Orientais. Explorou muitos territórios da Ásia e da África, fazendo, inclusive, a peregrinação islâmica para Meca e Medina. No Brasil, trabalhou como cônsul em Santos e acompanhou de perto a Guerra do Paraguai, como principal observador britânico do conflito. Escreveu *Cartas dos campos de batalha do Paraguai*, em que registrou suas impressões e experiências.

Solano López (1827-1870): Francisco Solano López, presidente do Paraguai entre 1862 e 1870. Filho do também presidente Carlos Antonio López, seu antecessor. Seguindo a tradição da família, foi enviado à Europa quando jovem para estudar. Lá conheceu a irlandesa Elisa Alicia Lynch, com quem se casou e teve sete filhos. Quando assumiu a presidência, López almejava constituir o "Grande Paraguai", que se estendia em partes de terras uruguaias, brasileiras e argentinas. Seu objetivo, além da expansão territorial, era garantir uma saída para o mar através do rio da Prata. Seus planos e alianças políticas foram suficientes para o início dos conflitos. Os paraguaios resistiram por diversas batalhas, mas a superioridade numérica e de recursos da Tríplice Aliança — formada por Argentina, Brasil e Uruguai — determinou o desfecho da guerra. Em 1870, Solano López foi encurralado em seu último esconderijo, em Cerro Corá, e morto pelo cabo brasileiro José Francisco Lacerda, também conhecido como Chico Diabo. Sua morte determinou o fim da guerra.

Venancio Flores Barrios (1809-1868): político uruguaio envolvido diretamente no processo de independência de seu país. Assumiu a presidência do Uruguai em 1854, que governou de maneira autoritária, apesar das melhorias estruturais que tentou implementar. Sofreu forte oposição dos colorados, grupo político conservador que o forçou a renunciar em 1855. Participou da Guerra do Paraguai em troca do apoio brasileiro para derrubar o governo colorado, então presidido por Atanásio Aguirre. Flores voltou ao poder em 1865 e governou o país até 1868, quando foi assassinado por seus opositores.

Vitorino José Carneiro Monteiro (1816-1877): militar brasileiro. Natural de Recife, foi criado em família de militares. Ingressou jovem no Exército e participou dos Conflitos Platinos. Na Guerra do Paraguai, foi promovido primeiro a brigadeiro e, após a Batalha de Tuiuti, a marechal de campo. Também ostentou ao longo da vida o título de barão de São Borja, cidade onde viveu até falecer.

Zaino: cavalo ou animal de montaria com pelo castanho-escuro, sem manchas.

Este livro foi composto em ITC Mendoza Roman Std,
Depor New e Kerberos Fang, e impresso em
papel Pólen Bold 90 g/m² para a Editora Scipione.